Twee tieten in een envelop

Twee tieten in een envelop

Wim Daniëls

Van Holkema & Warendorf

Voor Rina, Adriana en alle andere mama's en vrouwen die
er nog hadden moeten zijn.

ISBN 978 90 475 0738 3
NUR 283
© 2009 Uitgeverij Van Holkema & Warendorf,
Unieboek BV, Postbus 97, 3990 DB Houten

www.unieboek.nl
www.wimdaniels.nl

Tekst: Wim Daniëls
Omslagontwerp: Wil Immink
Omslagfoto: Getty Images
Zetwerk binnenwerk: ZetSpiegel, Best

1

Vandaag ben ik uit de moppenclub gestapt. Midden in een mop die iemand aan het vertellen was:

Jantje bracht elke dag een zak dropjes mee naar school...

De rest van die mop heb ik niet meer gehoord. Ik ben weggelopen. Ik heb niet eens gezegd dat ik uit de moppenclub ging stappen. Dat kon ook niet, omdat iemand dus een mop aan het vertellen was. Ik kon er niet zomaar iets tussendoor zeggen.

We stonden zoals altijd in de grote pauze onder het afdakje van het fietsenhok. Elke schooldag moet iedereen die bij de moppenclub is daar een mop vertellen. Anders mag je er ook niet staan. Maar vandaag wist ik zelf geen mop. Ik ben toch nog eerst bij de anderen gaan staan. Maar toen ik bijna aan de beurt was, ben ik weggelopen. Misschien had ik dat trouwens ook wel gedaan als ik wél een mop had geweten.

Die hele moppenclub hoeft voor mij niet meer.

Het is niet zo, dat ik moppen opeens háát. Als ik echt gewild had, had ik vandaag ook nog wel een mop geweten. Op internet heb je honderden moppensites. Daar had ik er gemakkelijk eentje van over kunnen nemen. En we hebben thuis wel drie dikke moppenboeken liggen. Daar had ik er zo eentje uit kunnen pikken. Dat heb ik eerder ook al wel gedaan. Maar nu was ik het vergeten. Misschien wel expres.

De moppen die sommige andere kinderen vertellen, komen ook uit moppenboeken. Dat weet ik zeker. Sommige van hun moppen staan ook in de moppenboeken die ik thuis heb. Maar de moppen van Joege niet. Die ben ik in mijn moppenboeken nooit tegengekomen. Het zijn altijd vieze moppen die hij vertelt. De meeste snap ik niet eens. Bijna niemand snapt ze, denk ik. Toch lachen veel kinderen wel steeds om zijn vieze moppen. Joege zelf nog het hardst, al snapt hij ze misschien ook niet. Ik heb ook om zijn vieze moppen gelachen. Dat is stom, ik weet het.

Joege vertelt trouwens altijd vieze dingen, ook als hij geen moppen vertelt. Over seks en poep en pies. En dan moet je weten dat hij een keer gevraagd heeft of ik met hem wilde zoenen. Echt waar! Nee, dus. Dat was ook mijn antwoord: 'Nee!' Ik heb nog nooit met iemand gezoend en dat ga ik voorlopig ook niet doen, zeker niet met Joege. Bah.

Joege is niet de oprichter van de moppenclub. Dat is Mischa. Of Mischa twee moet ik schrijven. We hebben namelijk nog een andere Mischa in de klas. Die noemen we Mischa één. Mischa één is een meisje, en Mischa twee een jongen. Dat vind ik wel mooi. Dat een naam door een meisje en een jongen gedragen kan worden.

Mischa twee is dus de oprichter van de moppenclub. Ongeveer acht weken geleden vertelde hij in de grote pauze op school twee moppen achter elkaar. Toen hij daarmee klaar was en iedereen was uitgelachen, vroeg iemand hem of hij nog een derde mop kende. Mischa twee antwoordde: 'Als je lid wordt van de moppenclub, vertel ik er nog een.' Of hij daar van tevoren over na had gedacht, zou ik niet weten. Misschien had hij ooit iets gelezen over het bestaan van zo'n club. Want toen iemand hem vroeg hoe je lid kon worden, zei hij meteen: 'Dan moet je zelf elke dag in de grote pauze ook een mop vertellen. Bij het fietsenhok.'

Dat laatste vond ik wel bijzonder: 'Bij het fietsenhok.' Dat Mischa twee daar meteen aan dacht: aan een speciale plek voor zijn moppenclub.

En zo is het begonnen.

De volgende dag waren er al zeven kinderen lid. Ikzelf was daar nog niet bij. Ik ben pas op de derde dag lid geworden. Ik was de vijftiende die lid werd. De eerste mop die ik vertelde, ging over twee koeien.

Er staan twee koeien in de wei.
Zegt de ene koe: 'Boe.'
Vraagt de andere koe: 'Moet ik nu soms schrikken?'

Het was maar een korte mop, maar de meesten moesten er toch wel om lachen. Nou ja, glimlachen. Maar dat vond ik genoeg. Ze keken in ieder geval niet alsof ze er niks aan vonden. Want dat is vervelend, als ze niet lachen of glimlachen om een mop die je vertelt. Zeker als het je eerste mop is. Om de moppen die ik daarna heb verteld, is meestal ook wel gelachen. Maar niet altijd. Ik ben niet zo'n geweldige moppenverteller. Ik kan moppen ook vaak slecht onthouden. Maar ja, dat maakt nu toch allemaal niets meer uit, omdat ik vandaag uit de moppenclub ben gestapt.

Nadat ik weg was gelopen, kwamen er direct een paar kinderen achter me aan. Die wilden natuurlijk weten waarom ik wegging.

'Ik wil geen lid meer zijn van de moppenclub,' heb ik eerlijk gezegd.

'Omdat je geen moppen meer weet, zeker?' vroeg iemand.

Maar dat was het niet.

Het was iets anders.

Iets heel anders.

En zomaar ineens zei iemand dat ook. Een van de kinderen die achter me aan was komen lopen, was Lucy. En nadat ik gezegd had dat ik niet was weggelopen omdat ik geen moppen meer wist, zei ze: 'Omdat je moeder doodgaat, zeker?'

Ik schrok enorm. En dat was raar. Want ik wéét dat mijn moeder doodgaat. Maar toch schrok ik enorm toen Lucy het zei. Misschien omdat ik niet wist dat andere kinderen het ook al wisten. Ik voelde me meteen misselijk worden toen Lucy haar zin had gezegd. Ik begon te rillen en voelde het bloed uit mijn hoofd wegtrekken. Ik moest me vasthouden aan een paaltje, anders was ik omgevallen. Ik hijgde.

Ik keek Lucy even aan, maar ik kon niets zeggen. Het enige wat ik kon doen, was knikken, terwijl ik het paaltje nog wat steviger vastpakte. Ik keek nu naar de grond. Op dat moment hoorde ik iemand 'Stom kind' zeggen. Ik weet niet wie het zei. En misschien dat Lucy ermee bedoeld werd. Dat kan. Maar ik had het gevoel dat het over mij ging. Ik liet het paaltje los en liep verder, de school in, naar de wc's.

2

Het klopt dat mama doodgaat.
En daarom wil ik geen moppen meer vertellen.
Ik dacht dat nog niemand van school het wist, behalve de juffrouw. Maar Lucy wist het dus wel, en nu weet waarschijnlijk de hele klas het.
Mama heeft kanker.
Ze zegt zelf dat ze doodgaat.
En het zal ook wel, want ze is erg ziek. Ze moet heel vaak overgeven, vooral de laatste dagen.
Ze heeft borstkanker.
Alleen dat woord 'kanker' al.
Het scheelt maar één letter met 'kanjer', dat juist zo'n leuk woord is. Maar 'kanker' is een naar woord. En mama heeft dus de ziekte die kanker heet. Ze heeft kanker in haar borsten. 'Tieten' zou Joege zeggen.

Ik ken een goede mop:
twee tieten in een envelop.

Dat heb ik hem een keer horen zeggen.
Mama heeft geen tieten meer. Die hebben ze eraf gehaald.
Misschien hebben de dokters ze daarna in een grote envelop gedaan en opgestuurd. Om te laten onderzoeken.
Stomme Joege.

Mama heeft sinds vijf maanden kanker. Of eigenlijk natuurlijk al langer. Maar ze hebben het vijf maanden geleden ontdekt. Toen moest de moppenclub nog opgericht worden. Het was meteen heel erg bij mama. Zo erg, dat ze in het ziekenhuis geopereerd moest worden. Allebei haar borsten moesten eraf. Gek hè? Ikzelf moet nog borsten krijgen en bij mama zijn ze er alweer af. Ik heb het gezien; een paar weken na de operatie. Ze is vanboven nu net een man.

Mama wilde het me zelf laten zien. Ik vond het eng. Toch heb ik gekeken toen ze het liet zien. Ik heb gezegd dat ik het helemaal niet gek vond zoals het eruitzag. Maar dat was het wel. Het was wel gek. Het was zo leeg. Waar eerst haar borsten zaten, leken nu wel twee deuken te zitten.

Toen ik loog dat het er helemaal niet gek uitzag, gaf ze me een kus en moest ze huilen. Ik moest ook huilen. Mama wilde dat Okke ook zou zien hoe het eruitzag, maar die wilde niet. Okke is mijn broer. Hij is twee jaar ouder dan ik. Hij vond het stom dat mama haar borsten-die-er-niet-meer-zijn wilde laten zien. Dat vond ik ook wel een beetje, maar mama wilde het echt graag.

Okke wilde niet kijken. Hij werd boos en liep naar zijn kamer. 'Ik hoef niet te zien wat je niet meer hebt,' schreeuwde hij nog.

Ik snapte het wel een beetje. Want het is ook echt eng. Papa had het natuurlijk al eerder gezien. Ik weet niet of hij het ook eng vindt.

De avond nadat mama mij haar borsten-die-er-niet-meer-zijn liet zien, heb ik een tekening van haar gemaakt. Op de plaats van de borsten heb ik twee kruisjes gezet. Zo ziet het er voor mij uit, alsof de dokter in het ziekenhuis haar borsten heeft weggehaald en er twee kruisjes voor in de plaats heeft gezet. Maar ik heb die tekening natuurlijk niet aan mama laten zien.

Papa deed in het begin opvallend vrolijk toen we wisten van mama's borstkanker.
'We maken er het beste van.'
'Het komt allemaal goed.'
'We moeten niet verdrietig gaan doen.'
Vooral 'Het komt allemaal goed' zei hij vaak, ook toen de borsten van mama weggehaald waren. Het sloeg natuurlijk nergens op. Alsof ze de borsten van mama ergens aan het repareren waren zodat ze er later weer aangezet zouden kunnen worden.
Ook mama vond ik behoorlijk vrolijk doen. Toen ze hoorde dat ze borstkanker had, was ze maar een paar dagen heel somber. Daarna werd ze weer vrolijk. Ook toen haar borsten eraf waren. Dat vond ik nog het gekst. Ze moest soms wel huilen, maar dan lachte ze al snel weer door haar tranen heen.
Ik denk dat papa en mama vooral vrolijk blijven doen voor Okke en mij. Daarom vind ik hun vrolijkheid nogal nep. Het is volgens mij geen echte vrolijkheid.
Maar toch ben ik door hun vrolijkheid gewoon lid geworden van de moppenclub. Toen Mischa twee de moppenclub had opgericht, heb ik thuis wel eerst gevraagd of het goed was dat ik lid zou worden. Het kostte geen geld of zo, maar ik wilde vooral van mama weten of ze het niet raar vond. Maar dat was helemaal niet zo. 'Doen,' zei ze meteen, 'dan kun je thuis soms ook een mop vertellen.'
Dat ben ik ook gaan doen. 's Avonds bij het eten ging ik

steeds een paar moppen vertellen die ik die dag op de moppenclub gehoord had. En papa en mama maar lachen om de moppen. Okke juist niet. Die vond die hele moppenclub maar een stom gedoe. Hij vindt het ook gek om te gaan lachen terwijl mama ziek is. Dat zag ik aan hem. Dat voelde ik. Daarom ben ik er na anderhalve week ook weer mee gestopt. Ik zei dat ik er geen zin meer in had om moppen van school na te vertellen. Maar toen begon papa steeds een paar moppen te vertellen onder het eten. En daar lachte dan vooral mama het hardst om. Als ze er was. Want soms at ze niet mee. Dan was ze ziek en lag ze in bed.

Okke lachte nooit om de moppen van papa. Ik soms wel, want er zaten best goeie tussen. Ik vond het in het begin ook wel handig dat papa ze vertelde. Ik kon er dan eentje uitkiezen die ik de volgende dag voor de moppenclub kon gebruiken. Als ik ze wist te onthouden. Want dat was niet altijd zo. Dan begon ik op school bij het fietsenhok aan een mop van papa en dan ineens wist ik niet meer hoe het verder moest. Daarom haalde ik de moppen na een paar dagen toch weer liever uit een moppenboekje. Dan kon ik ze ook echt uit mijn hoofd leren.

Ik denk dat papa bijna twee weken lang elke avond een paar moppen heeft verteld aan tafel. Maar toen was er die avond waarop mama niet moest lachen om een mop, maar heel hard begon te huilen. Het was niet vanwege die mop, denk ik, maar vanwege de hele situatie. Misschien vond ze het zelf opeens ook dom dat ze deed alsof er niks aan de hand was. Ze wist misschien toen al dat ze vlug dood zou gaan.

Sinds die avond vertelt papa geen moppen meer. En sinds die avond is mama heel snel zieker en zieker geworden.

Haar borsten waren er niet alleen af, maar ze moest ook bestraald worden en ze had al een hele tijd een geemokuur. Ja, ik weet het, dat woord schrijf je anders: 'chemokuur'. Maar als je het woord niet kent, ga je 'sjeemokuur' zeggen als je 'chemokuur' ziet staan. Maar je moet het dus uitspreken als 'geemokuur'. En van zo'n kuur werd mama elke keer heel erg ziek. Soms zo ziek dat ze 's avonds niet meer aan tafel kon zitten om mee te eten. Als de kuur voorbij was, ging het dan na een paar dagen wel weer wat beter, maar goed ging het nooit.

En dat gaat het nu nog steeds niet.

Helemaal niet.

Mama heeft zelf gezegd dat ze doodgaat. Toen ik tegen haar zei dat iedereen ooit doodgaat, zei ze: 'Maar ik een beetje sneller.'

Op mijn vraag hoeveel sneller dan, zei ze: 'Misschien over een paar maanden al.'

Pets.

Het was alsof ik een klap in mijn gezicht kreeg. Over een paar maanden al. Dat betekent dat Okke en ik in het nieuwe jaar misschien geen moeder meer hebben. Ik kan me niet voorstellen dat mama er nooit meer zal zijn. Ik wil het ook niet geloven, maar ze zegt het zelf. Ik merk dat ik nu soms boos op haar ben omdat ze het heeft gezegd. Want ik denk dat ze doodgaat omdat ze zegt dat ze dood zal gaan. Als ze zou zeggen dat ze nog niet doodgaat, gaat ze voorlopig ook niet dood.

Denk ik.

Maar zo zal het wel niet zijn. Het is natuurlijk ook raar om boos op mama te zijn. Ik moet juist lief voor haar zijn. En Okke ook. Maar hij lijkt nog bozer te zijn dan ik soms ben.

3

De leukste moppen in de moppenclub worden verteld door Melis. Hij is trouwens ook meteen de leukste jongen die ik ken. Het is niet zo, dat ik zijn moppen leuk vind omdat ik hem zo leuk vind. Nee, zijn moppen zijn gewoon goed. Waar hij ze vandaan haalt, weet ik niet. In moppenboeken ben ik ze nooit tegengekomen. Ik vind ze heel apart, zijn moppen. Je moet er altijd nog wel een beetje over nadenken voordat je ze snapt. Maar als je ze snapt, zijn ze heel grappig. Zoals die mop over een man met zijn paard.

Een man rijdt op de fiets door een dorp, met een paard achter zich aan, dat aan een touw vastzit dat de man in zijn hand heeft. Maar het touw is zo lang dat het paard wel tien meter achter de fiets aan holt. Dat is nogal gevaarlijk. Daarom wordt de man even later ook aangehouden door een politieagent. Die zegt: 'Maar meneer, het is toch verboden om op deze manier met een paard over straat te gaan.' De man op de fiets kijkt achterom en zegt: 'Och, dan is-ie eraf gesprongen.'

Dat vind ik een leuke mop. Melis kan zijn moppen ook altijd mooi vertellen. Zonder er zelf om te lachen. Hij is echt de beste moppenverteller van de moppenclub. Samen met Soelaisja dan. Die vertelt altijd raadselmoppen, rare raadselmoppen, waarin ze ook steeds het woord 'rara' gebruikt.

Het is rood en het is rond. Rara, wat is dat?

De oplossing van dit raadsel was:

Een blauw vierkantje.

De meeste kinderen van de moppenclub vinden Soelai-sja's raadselmoppen maar flauw, maar ik kan er wel om lachen. En Soelaisja vertelt ze altijd heel serieus, terwijl het natuurlijk moppen zijn die helemaal niet kloppen. Ze slaan eigenlijk nergens op.

Rara, wat is het verschil tussen een muis en een olifant?

Dat was ook een keer een raadselmop van haar. Iedereen gaf daar logische antwoorden op, zoals: de muis is klein en de olifant is groot, of: de muis is licht en de olifant is zwaar. Maar de oplossing die Soelaisja zelf gaf, was heel iets anders:

Ze hebben allebei een slurf behalve de muis.

Dat sloeg dus echt nergens op, maar ik vond ook die mop wel grappig.
Joege heeft al een paar keer gezegd dat de raadselmoppen van Soelaisja niet kunnen. Het zijn volgens hem niet eens moppen. Hij vindt dat Soelaisja uit de moppenclub gezet moet worden. En dat vinden er meer. Maar gelukkig is

lang niet iedereen het met hem eens. Mischa twee ook niet. En hij is de leider van de moppenclub. Hij is ermee begonnen en daarom mag hij zeggen wie er wél en níét bij hoort. En van hem mag Soelaisja blijven.

Maar nu heeft hij dus te maken met iemand die zélf uit de moppenclub is gestapt. Met mij dus. Dat is nog niet eerder gebeurd. Ik heb het er vanavond met Mischa twee nog wel over gehad via msn. Hij had natuurlijk van de anderen gehoord dat mijn moeder doodgaat.

'Ik vind het heel erg voor je als het waar is,' schreef hij. En verder: 'Ik snap ook wel dat je nu ff niet bij de moppenclub wilt horen.'

Daarna kwam zijn mooiste zin: 'Msschn moeten we maar een tijdje met de hele mppnclb stoppen. Voor jou en je moeder.'

Dat vond ik lief van Mischa twee. Dat hij met de moppenclub zou willen stoppen omdat ik vanwege mama niet meer bij de moppenclub wil horen. Maar ik heb hem meteen teruggeschreven dat de moppenclub moet blijven bestaan en moet doorgaan. Even wilde ik ook schrijven dat ik weer terugkom bij de moppenclub als mama dood is. Maar dat heb ik toch maar niet gedaan. Het is zo'n rare zin:

'Ik kom weer terug bij de moppenclub als mijn moeder dood is.'

Net alsof ik hoop dat ze vlug dood zal gaan, zodat ik weer naar de moppenclub kan. Maar misschien ga ik wel helemaal nooit meer naar de moppenclub. Ik denk niet dat ik een week nadat mama dood is, weer een mop ga staan te vertellen. En na een maand ook niet. Misschien pas weer na een jaar of na twee jaar. Maar dan bestaat de moppenclub allang niet meer omdat iedereen dan op een andere school zit.

4

Vandaag is de dag na gisteren, de dag dat ik uit de moppenclub stapte. Ik merkte vanmorgen al meteen op het schoolplein dat alle kinderen uit mijn klas naar me keken.

Het kwam natuurlijk door Lucy, omdat zij gisteren had geroepen dat mijn moeder doodgaat. Nu ben ik niet meer gewoon Wietske, maar Wietske-van-wie-de-moeder-doodgaat. Daarom wilde ik ook zo graag dat niemand het nog zou weten. Want nu ben ik toch anders. En dat wil ik niet.

De meesten zullen mij wel zielig vinden. Al zijn er ook kinderen die me nu extra stom vinden, omdat ik meer aandacht krijg. Sommige kinderen kunnen dat niet hebben. Die willen zelf altijd alle aandacht. Bij twee meisjes uit de klas is dat heel erg: Lucy en Gerdie. Zo gauw zij merken dat de aandacht van anderen niet meer op hen gericht is, beginnen ze van alles te verzinnen om opnieuw de aandacht te krijgen. Het rare is dat veel jongens hen geweldig vinden. Je zou denken: blijf toch uit de buurt van die aanstelsters. Maar nee, de meeste jongens zoeken hen steeds op.

Melis zie ik nooit bij die meisjes staan, behalve dan in de grote pauze. Want Lucy en Gerdie zitten net als Melis bij de moppenclub. Melis houdt niet van hun aanstellerige

gedrag, denk ik. Maar hij is vandaag niet naar mij toe gekomen. Misschien vindt hij mij nu ook een aanstelster.
Omdat ik uit de moppenclub ben gestapt vanwege mama.
De eerste die vanmorgen wél naar me toe kwam, was
Mischa twee. We hadden dus al ge-msn'd met elkaar,
maar hij wilde ook nog echt even tegen me zeggen hoe
erg hij het vindt van mama. Ik heb maar gezegd dat het
nog niet zeker is dat ze snel doodgaat. Dat heb ik ook aan
de andere kinderen verteld die naar me toe zijn gekomen.
Gelukkig is de juffrouw in de klas niet óók nog eens over
mama begonnen. Ik denk wel dat ze gehoord heeft dat iedereen in de klas het nu weet. Maar ik ben blij dat ze er
niets over gezegd heeft. Ik heb het er echt liever met niemand over, behalve dan met Irscha, mijn beste vriendin.
In de eerste pauze ben ik bij Jorel, Simone en Eva gaan
staan. Die zitten alle drie niet in de moppenclub. Er zijn
nog wel een paar andere kinderen uit de klas die ook niet
in de moppenclub zitten, maar dat zijn kinderen bij wie
ik anders ook nooit sta. Het zou raar zijn als ik dat nu wel
zou doen. Jorel, Simone en Eva ken ik beter. Van Simone
is de vader trouwens al dood. Door een ongeluk. Dat is
twee jaar geleden gebeurd. Ik weet het nog goed. Een
tante van Simone kwam haar toen uit de klas halen. Daarna is ze twee weken lang niet op school geweest.
Misschien moet ik straks ook wel zo lang thuis blijven als
mama doodgaat. Het klinkt lang, twee weken. Maar het
kan best zijn dat ik helemaal niet meer naar school wil als
mama dood is. Misschien wil ik wel helemaal niks meer,
alleen maar huilen.
Simone heeft trouwens al echte borsten. Sommige meisjes in mijn groep hebben al wel iets, maar niet veel. Maar

19

Simone wel. Het is een beetje raar om naast haar te staan. Tenminste voor mij. Want ik heb dus nog helemaal niks. Ik ben nog totaal plat. Nou ja, ik kan wel voelen dat er ooit iets aan gaat komen, maar wanneer dat is, zou ik niet weten. Terwijl Simone al echte borsten heeft. Of tieten. Dat woord gebruik ik ook wel, hoor. Ze heeft ook allang een bh. Bij gymnastiek kun je het allemaal zien in het kleedlokaal van de meisjes. Veel meisjes dragen een bh. Ik nu ook. Maar bij de meesten is het een nepding. Er zit niks in. Bij mij ook niet. Vorig jaar, in groep 7, was Simone de enige die al een bh droeg. Maar nu hebben echt bijna alle meisjes er een. Ik ben er ook mee begonnen toen ik aan het begin van het schooljaar merkte dat er steeds meer meisjes waren die er eentje droegen. Ook meisjes die nog helemaal niks hadden. Dat kon je goed zien, want de bh die ze hadden, zat plat tegen hun bovenlijf aan.

Mama heeft er daarna twee voor mij gekocht. Dat moet wel moeilijk voor haar zijn geweest. Want zijzelf had toen al geen borsten meer. Maar ik durfde niet zelf een bh te gaan kopen. Vooral niet omdat ze in de winkel zouden zien dat ik nog niks heb en dat ik dus eigenlijk ook geen bh nodig heb. Daarom heb ik toch maar aan mama gevraagd of zij ze voor mij wilde kopen.

Mama zelf draagt geen bh meer. Waarom zou ze ook? Een bh is een bustehouder. Maar mama heeft geen buste meer. Dus er hoeft ook niks vastgehouden of omhoog gehouden te worden. Bij mij is dat ook zo, maar ik draag een bh omdat veel andere kinderen er een dragen. Ja, ik ben soms wel een meeloper.

Ik heb vandaag met Jorel, Simone en Eva maar heel even

over mama gepraat. Ik vind het moeilijk. De anderen hebben meer gepraat dan ik. Simone vertelde nog dat haar moeder al een tijdje een nieuwe vriend heeft. 'Is dat niet raar voor jou?' vroeg Jorel. Maar Simone zei van niet. 'Maar je noemt hem toch geen "papa" of zo?' vroeg Jorel. 'Nee, dat niet,' zei Simone. En ze dacht ook niet dat ze dat ooit zou gaan doen.

Ondertussen stond de moppenclub zoals altijd bij het fietsenhok. Zonder mij. Af en toe hoorde ik dat er hard gelachen werd. Maar we deden alle vier alsof we de moppenclub niet hoorden.

Toen de bel ging en iedereen naar binnen liep, hoorde ik Joege nog vlug een mop tegen iemand vertellen. Het leek erop dat hij expres dicht bij mij was gaan lopen. Het was een mop over tieten. Hij weet het nu natuurlijk ook van mama en daarom vertelde hij die mop, denk ik. Het was een typische Joegemop.

Een vrouw komt bij de dokter omdat haar ene borst veel langer is dan de andere. De dokter vraagt of haar man er misschien iets speciaals mee doet. De vrouw zegt: 'Ja, hij houdt één tiet 's avonds altijd vast als we gaan slapen.' 'Maar dat is toch niet zo bijzonder,' zegt de dokter. 'Nou, toch wel,' zegt de vrouw, 'want we slapen in een stapelbed.'

Ik zag Joege met een stiekeme blik naar me kijken toen hij de mop verteld had. Hij is zóóó gemeen.

5

Ik haat kanker.

Ik haat ook de geemokuur tegen kanker, maar ook het woord 'kanker' zelf. Het maakt de ziekte alleen nog maar erger, vind ik.

Okke gebruikt tegenwoordig soms het woord 'kankerzooi'.

Hij zit in de tweede klas van de middelbare school. Hij haalt daar alleen maar slechte punten. Vorige week kwam hij thuis met een rapport met bijna allemaal onvoldoendes erop. Toen papa zei dat hij misschien toch iets beter zijn best moet gaan doen, begon Okke meteen te schreeuwen over de 'kankerzooi' op school. De leraren kunnen volgens hem niet lesgeven, de proefwerkweek slaat nergens op en de proefwerken kloppen niet. 'Een kankerzooi is het,' zei hij.

Toen mama zijn rapport zag, zei ze niets. Zij weet ook wel dat het komt doordat ze doodgaat. Daardoor kan Okke niet opletten in de les en geen huiswerk meer maken.

Ik kan het ook niet. Maar bij mij maakt het nog niet veel uit, omdat ik nog op de basisschool zit, in groep 8. Mijn juffrouw weet al lang dat mama ziek is. Mama heeft het haar zelf verteld. Maar ze heeft erbij gezegd dat ik liever niet wil dat ze het in de klas aan de andere kinderen vertelt. Maar toch zijn de andere kinderen het dus te weten gekomen. Nou ja, dat was ook wel te verwachten. Sommige kinderen wonen bij mij in de buurt. Lucy ook. En sommige ouders van die kinderen praten ook wel eens met mijn ouders. En die ouders zullen ook wel aan mama hebben gezien dat er iets aan de hand is. Ja, door de geemokuren en de bestraling zijn haar haren uitgevallen, waardoor ze een pruik is gaan dragen. Nou lijkt die pruik veel op haar echte haar, maar je kunt toch wel zien dat het anders is.

Mama heeft nu in het echt een kaal hoofd. Ik heb het zelf gezien. Als ze in bed ligt, heeft ze haar pruik niet op. Het is te warm aan haar hoofd, zegt ze. Soms bindt ze een doek om haar hoofd. Zo'n grote rode zakdoek. Dat is best grappig. 'Ik ben een boerin,' zei ze een keer.

Maar ik heb dus ook haar kale hoofd gezien. Ze heeft haar hoofd door papa kaal laten scheren, omdat er steeds meer haarplukken uitvielen. Dat vond ze vies en vervelend. Daarom wilde ze er alles in één keer af hebben. Ik was er niet bij toen papa het deed. En ik wist ook niet dat hij het zou gaan doen. Op een dag kwam ik thuis uit school en zag ik dat mama andere haren had. Dat was die pruik. 'Ben je naar de kapper geweest?' vroeg ik.

'Ik heb een pruik,' antwoordde ze vrolijk terwijl ze met haar hoofd ronddraaide. Ja, ook die dag dat ze zich door papa een kale kop had laten scheren en ze een pruik had gekregen, was ze vrolijk.

'Vind je hem mooi?' vroeg ze.

Ik liep een paar keer om mama heen om de pruik goed te kunnen bekijken. De haren van de pruik waren blond en vrij lang, net zoals haar echte haren. Ja, ik vond hem wel mooi. Dat zei ik ook. Ik vond hem ook werkelijk mooi.

Het leken net echte haren en dat zijn het geloof ik ook. Ik vind ze zelfs mooier dan mama's echte haren, die toch iets minder blond zijn.

Maar toen kwam Okke binnen.

'Mama heeft een pruik,' zei ik, 'vind je hem mooi?'

Okke keek maar heel even naar mama en naar de pruik.

'En je eigen haren dan?' vroeg hij.

'Die hebben we eraf geschoren,' zei mama. 'Wil je mijn kale hoofd zien?'

'Neeneenee,' zei Okke geschrokken.

Zoals hij ook mama's borsten-die-er-niet-meer-zijn niet had willen zien, zo wilde hij ook haar haren-die-er-niet-meer-zijn niet zien.

Daarom riep hij 'Neeneenee', alsof hij bang was dat mama de pruik snel van haar hoofd zou trekken. En hij liep ook meteen door naar boven, naar zijn kamer. Daar zit Okke de laatste tijd meestal. Op z'n kamer. Hij maakt er geen huiswerk, want als hij dat wel zou doen zou hij niet zulke slechte punten halen op school. Ik weet niet wat hij er wél doet. Soms sta ik stiekem aan zijn deur te luisteren, maar dan hoor ik meestal niets. Helemaal niets. Ik denk dat hij dan op bed ligt na te denken. Of hij heeft zijn oordopjes van zijn iPod in en luistert naar muziek. Ikzelf denk natuurlijk ook veel na. Hoe het zal zijn als mama er straks niet meer is. Ik hoop nog steeds dat ze niet doodgaat. Dat zou toch kunnen. Dat die stomme geemokuur toch niet zo stom blijkt te zijn.

6

Ik heb al geschreven dat Irscha mijn beste vriendin is. Dat is ze al sinds het kinderdagverblijf. Ze is blond, maar geen dom blondje, waarover vaak moppen worden verteld.

Een dom blondje bestelt een pizza. Wanneer de ober vraagt of hij de pizza voor haar in zes of in twaalf stukken moet snijden, antwoordt het blondje: 'In zes stukken alstublieft, want twaalf stukken kan ik nooit op.'

Zo is Irscha dus niet. Ik vind het ook raar dat veel moppen over domme blondjes gaan. Het is natuurlijk flauwekul dat blonde mensen dommer zouden zijn dan bijvoorbeeld mensen met zwart haar. Dan kun je net zo goed zeggen dat mensen met veel sproeten dommer zijn dan mensen met weinig sproeten. Dat is ook niet zo.

Irscha is heel erg blond, ze heeft veel sproeten en ze is superslim. Ooit zat ze bij mij in de klas. Maar in de vierde heeft ze een klas overgeslagen. Daardoor zit ze nu al op de middelbare school, op dezelfde school als waar Okke op zit. Toch is ze nog steeds mijn beste vriendin. Maar we zien elkaar niet meer elke dag sinds ze op de middelbare school zit. Alleen nog in het weekend, maar dan wel al meteen vrijdags. En daarna zaterdags en zondags. Zater-

25

dags gaan we meestal samen naar de stad. Winkelen. Niet dat we veel kopen, maar we vinden het leuk om allerlei winkels binnen te lopen en dingen te bekijken. Vandaag zouden we ook zijn gegaan, maar ik kon niet of ik wilde niet. Mama moest naar het ziekenhuis omdat ze een heel dikke buik had. Gisteren had ze ook al wel een dikke buik, maar vanmorgen was hij héél dik. En daarom moest ze naar het ziekenhuis. Niet om er te blijven, maar om het vocht dat in haar buik zat eruit te laten halen. Met een slangetje. Om tien uur werd mama door papa naar het ziekenhuis gebracht en om drie uur waren ze pas weer terug. En de buik van mama was nu weer bijna normaal.

Hoe het vocht in haar buik is gekomen, weet ik niet. Ze moet veel drinken, maar dat doen wel meer mensen zonder dat die meteen een dikke buik krijgen.

Ik had in de tijd dat mama in het ziekenhuis was, met Irscha naar de stad kunnen gaan, maar dat vond ik toch een raar idee. Als ze een simpel prikje had moeten halen, dan was ik misschien wel gewoon naar de stad gegaan. Maar nu niet. Ik vond haar buik er heel eng uitzien vanmorgen. Alsof hij ging knappen. Daardoor kon ik niet zomaar gaan winkelen. Irscha snapte dat wel. Ze weet precies wat er met mama aan de hand is. Zij is de enige aan wie ik echt alles heb verteld.

In plaats van naar de stad te gaan, heb ik aan mijn spreekbeurt gewerkt die ik volgende week moet houden. Ik doe hem over rare woorden. Iedereen in de klas heeft iets moeten kiezen wat raar is. De juffrouw heeft een paar weken geleden een hele lijst gemaakt waaruit we een onderwerp moesten kiezen: rare huizen, rare dieren, rare verkeersborden, rare gebeurtenissen, rare namen en nog veel meer raars. 'Rare woorden' stond er ook op. Dat onderwerp heb ik gekozen. Het hoeft maar een korte spreekbeurt te zijn, van een paar minuten.

Een van de rare woorden die ik heb gekozen, is 'groente'. Dat zei mijn vader een keer toen we aan tafel zaten. We hadden allemaal een paar kleine tomaatjes op ons bord liggen. Papa prikte er eentje aan zijn vork en zei: 'Tomaten zijn rood en toch noemen we ze groente; ze zouden roodte moeten heten.' Dat vond ik wel grappig. En er blijken wel meer rode groenten te zijn, zoals rode paprika's, rode pepers en radijsjes. Daarom heb ik nu 'groente' gekozen als een van de rare woorden. Ik wil misschien ook 'kanker' noemen. In een boek over de geschiedenis van woorden heb ik gelezen dat 'kanker' eigenlijk 'krab' betekent; je weet wel, dat diertje. Een Griek, die de eerste dokter van de hele wereld was, vond dat de plek in iemands lijf waar kanker groeit, een kankergezwel, veel op een krab lijkt. En daarom noemde hij het gezwel naar de krab: 'karkinos' of zoiets. En daar is dan het woord 'kanker' van afgeleid. Ik wil nog proberen of ik een grote foto van een krab kan vinden.

Ik ga er in mijn spreekbeurt meteen bij zeggen dat ik 'kanker' niet alleen een 'raar' maar ook een 'naar' woord vind. Maar het gekke is dat ik 'krab' geen naar woord vind. Misschien wel raar, omdat je ook kunt zeggen: 'Ik krab me.' Maar een naar woord vind ik 'krab' niet. Sommige mensen eten krab. Misschien dat ze niet weten dat 'krab' en 'kanker' hetzelfde betekenen. Stel je voor dat iemand in een restaurant zou zeggen: 'Doe mij maar kanker met aardappeltjes.'

Toen mama weer terugkwam uit het ziekenhuis, zei ze lachend tegen mij: 'Jij dacht zeker dat ik in verwachting was?'

'Nee, zo dom ben ik niet,' antwoordde ik.

Ik snap niet dat mama grapjes over zoiets kan maken. Alsof haar ziekte niet erg is. Was ze maar echt in verwachting in plaats van ziek. Ik zou dan wel het liefst een zusje krijgen. Niet nog een broer. Ik heb geen hekel aan Okke, hoor, ook al is hij soms wel vervelend. Maar zusjes zijn toch liever, denk ik.

We zouden vanavond naar oma Lea en opa Leen gaan. Maar dat gaat niet door. Mama is te moe. Ze ligt nu op bed. Op zaterdagmiddag om vier uur. De laatste tijd ligt ze meer in bed dan dat ze uit bed is. Pas liep ik een keer zachtjes haar slaapkamer binnen toen ze aan het slapen was. Ze lag erbij alsof ze dood was. Ze had haar pruik afgezet en ze zag heel bleek. Ze leek dood. Niet dat ik ooit eerder iemand in het echt dood heb gezien. Dat niet, maar toch vond ik dat mama op iemand leek die dood was. Ik ben even naast haar blijven staan, omdat ik haar wilde zien ademen, want ik dacht dat ze ook echt dood kon zijn. Maar ze ademde gelukkig nog. Toen ben ik weer weggegaan.

'Dood' is ook een raar woord, omdat je het van achteren naar voren kunt lezen en dan staat er nog steeds dood. Dat heb ik niet zelf ontdekt. Dat stond in een verhaal dat ik heb gelezen over een jongen die iets wilde bedenken om nooit dood te hoeven gaan. Toen hij ontdekt had dat je het woord 'dood' ook van achteren naar voren kon lezen, dacht hij dat je misschien nooit doodgaat als je soms van achteren naar voren leeft in plaats van altijd van voren naar achteren. Het was natuurlijk maar een verhaal. Mensen gaan toch altijd een keer dood, wat je ook bedenkt. Maar mama gaat iets te vlug dood. Dat zou niet moeten. Ze zou pas dood moeten gaan als ik veertig jaar oud ben of vijftig. Maar niet nu. Ik ben nog geen twaalf. Ik ben pas net op de wereld. Dankzij mama. En nu zou ze al doodgaan. Maar ik kan niks bedenken waardoor ze niet doodgaat. Dat moeten de dokters doen. Misschien moet ik naar een dokter toe gaan om te vragen of er ergens op de wereld een heel speciale behandeling is waarmee mama toch nog beter gemaakt kan worden. Ik snap wel dat ze haar borsten nooit meer terugkrijgt, maar dat hoeft ook niet. Als ze maar niet doodgaat. Dat heb ik ook op een briefje geschreven dat ik elke avond onder mijn kussen leg als ik ga slapen: 'Mama, je mag morgen nog niet dood zijn.'

7

Het is het eerste wat ik denk als ik 's morgens wakker word: leeft mama nog? Vanmorgen leefde ze nog. Dus ik kon gerust mijn boterham met hagelslag klaarmaken en opeten. Toen ik naar school ging, lag mama nog wel in bed, maar ze sliep niet meer. Ik heb haar nog een kusje gegeven. Okke doet dat niet. Nooit. Ja, een jaar geleden nog wel, maar nu nooit meer.

En de laatste weken is hij meteen 's morgens al boos op iedereen. Hij vindt het vervelend dat hij nu voortaan zelf zijn boterhammen klaar moet maken. Eerst deed mama het. Papa zou het natuurlijk ook kunnen doen, maar die vindt dat wij het net zo goed zelf kunnen. Mij maakt het niet uit. Ik vind het niet erg om een boterham voor school te smeren, maar Okke wel. Soms smeert hij ook geen boterhammen. Dan koopt hij een broodje of iets anders in de kantine op zijn school.

Afgelopen weekend heeft hij een nacht bij een vriend gelogeerd. Sven heet die jongen. Hij is een paar keer hier bij ons thuis geweest. Een keer of acht, denk ik, meer niet. Maar volgens Okke is het zijn beste vriend. Dat zal ook wel als je er blijft logeren. Okke kwam gisteravond pas thuis. Daardoor was ik bijna de hele zondag alleen, want Irscha kon niet komen. Nou ja, papa en mama waren er natuurlijk wel, maar mama lag steeds op bed en papa heeft bijna de hele middag in een stoel bij mama gezeten. Ikzelf heb een tekening gemaakt van een doodskist.

Mama heeft één keer gezegd dat ze een mooie doodskist wil, geen gewone maar eentje die beschilderd is. Met kleurige bloemen. Daarom heb ik er eentje getekend. En gekleurd. Mama wil echt begraven worden. Niet gecremeerd, dus niet verbrand.

Ik wist niet eens precies hoe doodskisten eruitzagen. Ik heb er eerst een paar opgezocht op internet. Trefwoord: doodskist. Hoe vaak zou dat woord ingetikt worden? Geen idee. Misschien doet iedereen het ooit wel een keer in zijn leven. En wat je dan te zien krijgt! Echt heel veel soorten kisten. De meeste hebben dezelfde vorm en zijn van hout. Maar je kunt kiezen uit allerlei soorten hout en verschillende kleuren. En er zijn toch ook wel heel aparte vormen, zoals doodskisten die op een gitaar of een piano lijken en zelfs ronde doodskisten. Er bestaat ook een echte doodskistenfabriek. Daar zou ik nooit willen werken. Dan ben je de hele dag bezig met dood, dood en nog eens dood.

Ik zag op internet ook een site van iemand die doodskisten beschildert, met vlinders, met bloemen, allemaal vrolijke dingen. Hiephoi, wat een vrolijke gebeurtenis, er is iemand dood. Ja, daar lijkt het op als je doodskisten zo gaat beschilderen. Misschien heeft mama die site wel gezien waardoor ze op een idee is gekomen voor haar eigen doodskist. Ik las ook ergens dat sommige mensen een mobieltje meekrijgen in hun doodskist. Dus als ze dood zijn en begraven worden. Een mobieltje. Dan kun je iemand die dood is nog een tijdlang bellen. Tot de batterijen van het mobieltje in de doodskist op zijn. Lijkt me raar. Dus dan zou ik mama opbellen en dan weet ik dat het mobieltje afgaat in haar kist, terwijl ze onder de grond ligt. En dan neemt ze niet op natuurlijk. Moet je niet per ongeluk het verkeerde nummer intikken. Dan neemt er wel iemand op. Dan schrik je je rot. Maar ook als je het goede nummer intikt, is dat toch akelig. Dat je weet dat er naast je dode moeder een telefoon gaat. Onder de grond, in de kist. Het is ook raar trouwens als je op een kerkhof loopt en je hoort ineens vanuit een graf een mobieltje rinkelen of er komt een mooie ringtone uit. Dan kun je ook behoorlijk schrikken.

Maar ik heb dus een kist getekend met bloemen erop. Rode bloemen. Rozen. Daar houdt mama van. Rode rozen. Die heeft ze ook vaak van papa gekregen en van Okke en mij. Met Moederdag. Maar ik heb mijn tekening toen hij klaar was meteen weer verscheurd. Ik werd bang van mijn eigen tekening. Rozen zijn wel mooie bloemen, maar rozen op een doodskist zijn treurig, zeker als het op een doodskist is die bedoeld is voor je eigen moeder.

8

Straks krijg ik te horen dat ik iedereen 'geemokuur' leer schrijven terwijl het 'chemokuur' moet zijn. Dus vanaf nu schrijf ik het woord zoals het moet: chemokuur. Maar ik weet niet of ik het nog vaak ga schrijven, want mama heeft net haar laatste chemokuur gehad. Er komt geen nieuwe meer. Ook niet als de laatste niks heeft geholpen.

Papa had vandaag gebak in huis gehaald om de laatste chemokuur te vieren. Geen slim idee, want na een chemokuur is mama altijd nog een paar dagen flink ziek. 'Eten jullie alles maar lekker op,' zei ze dan ook. Maar dat heb ik niet gedaan. Mama niks, ikzelf ook niks, dacht ik bij mezelf. Okke en papa hebben toen allebei twee gebakjes opgegeten.

Als de laatste chemokuur bij mama niet helpt, haat ik chemokuren nog meer dan ik al deed. Ze zijn giftig. Dat is nodig omdat ze kankercellen moeten doden. Kankercellen splitsen zich heel snel, heeft mama mij verteld, waardoor er steeds meer in haar lichaam komen. Het gif van een chemokuur moet de cellen doodmaken. Maar het gif werkt bij mama dus niet altijd. En het gif vernielt ook gezonde dingen in haar lijf. Daarom haat ik chemokuren en ga ik voortaan samen met papa collecteren voor de Kankerbestrijding. Ja, dat heb je ook: de Kankerbestrijding. Een chemokuur is natuurlijk ook kankerbestrijding. Maar er is ook een club die Kankerbestrijding heet. Die doet onderzoek naar kanker en geeft er voorlichting over. En daar is geld voor nodig. Daarom heb ik gisteravond samen met papa gecollecteerd. Met een echte collectebus. Het is wel raar dat papa en ik nooit eerder hebben gecollecteerd voor de Kankerbestrijding. Mama moest er eerst borstkanker voor krijgen. Dat is niet echt eerlijk van ons. Nu mama kanker heeft, gaan we collecteren. Misschien dat het met de meeste collectanten zo is. Dat ze gaan collecteren voor een bepaalde ziekte als iemand van de familie die ziekte heeft. Daarom zou ik nu eigenlijk voor iets anders moeten gaan collecteren, voor een ziekte die niemand van ons heeft: een nierziekte, brandwonden, astma, epilepsie, dementie, een hartziekte, reuma. Er zijn ziektes genoeg. Maar ik mag nog niet in m'n eentje gaan collecteren. Ik ben te jong. Papa moet voorlopig mee. En die wil alleen voor de Kankerbestrijding collecteren, heeft hij gezegd.

'Omdat...?' vroeg ik.

'Omdat mama kanker heeft,' zei hij.

Dat is dus precies wat ik dacht.

Het is egoïstisch.

Dat vindt papa ook wel een beetje.

Hij vertelde me onder het collecteren trouwens nog een goeie mop over collecteren:

Er komt iemand aan de deur om te collecteren voor het buurtzwembad. Dat moet flink verbeterd worden. Jantje, die heeft opengedaan, loopt terug naar binnen en vraagt aan zijn vader: 'Pap, wil je de meneer die aan de deur staat een bijdrage geven voor het buurtzwembad?' Antwoordt zijn vader: 'Ja, geef hem maar een glas water.'

Papa en ik hebben gecollecteerd bij ons in de buurt. Je belt aan en dan zeg je: 'Hebt u misschien een bijdrage voor de Kankerbestrijding?' En dan houd je de collectebus naar voren. Dat laatste deed ik, terwijl papa die zin zei. De meeste mensen gaven wel iets. Een paar mensen niet. 'Neenee,' zei iemand, 'ik kan niet overal aan geven.' En iemand anders zei: 'Ik heb helemaal geen geld in huis.' Dat geloofde ik dus niet. Helemaal geen geld in huis. Nog geen vijf cent zeker.
We zijn ook bij Lucy aan de deur geweest. Ik wilde hun huis liever overslaan, maar dat kon niet, vond papa. De moeder van Lucy deed open. Ze herkende ons meteen. Ze vroeg hoe het met mama was. Papa zei dat het niet zo goed ging. Ze stopte daarna een briefje van vijf euro in de collectebus. Dat had ik niet gedacht, omdat Lucy soms zo akelig tegen me doet. Vandaag ook weer op school. Ze heeft vanmorgen aan een paar kinderen in de klas verteld dat papa en ik alleen maar geld hebben opgehaald voor mama. Dus niet voor alle mensen die kanker hebben, maar alleen voor mama. Simone kwam het me vertellen. Maar wat kan ik ertegen doen? Had ik naar Lucy moeten gaan en haar voor liegbeest moeten uitmaken? Het is ook zo raar zoals ze tegen me doet. Terwijl haar moeder juist heel aardig deed. Lucy kan toch niet jaloers op me zijn? Wie wil er nu graag een moeder die borstkanker heeft?
Hoeveel papa en ik hebben opgehaald met collecteren, weet ik niet. De collectebus kunnen we namelijk niet openmaken. We gaan deze week 's avonds nog één keer

collecteren. En daarna leveren we de collectebus in bij de Kankerbestrijding. Daar gaan ze het geld eruithalen en tellen.

Voor mama komt het opgehaalde geld van alle collectes misschien te laat. Of zeker te laat. Ze gaat dood. Dat begin ik nu ook steeds meer te denken. Het mag niet, maar het gebeurt toch.

9

Er zijn problemen in de moppenclub. Joege heeft vandaag tegen een paar mensen gezegd dat hij zelf een moppenclub wil oprichten. In de pauze stond hij nog bij de oude moppenclub. Ik heb hem zien staan. Maar na de pauze heeft hij eerst tegen Lucy en daarna nog tegen twee anderen gezegd dat hij vanaf morgen zijn eigen moppenclub begint en ergens anders gaat staan. Lucy heeft het aan verschillende mensen doorverteld. Ze heeft er meteen bij gezegd dat ze lid wordt van Joeges club en dat ze weggaat bij de oude moppenclub. Ze zou ook gezegd hebben dat Joege de oude moppenclub saai vindt. En dat hij de raadselmoppen van Soelaisja niet meer wil horen. Daarom begint hij zijn eigen club.
Ik ben benieuwd of er veel mensen lid worden van Joeges moppenclub. In ieder geval Lucy en Gerdie, de vriendin van Lucy, plus wel een stuk of vier jongens, denk ik. Dat hebben ze ook al een beetje gezegd. Het zijn jongens die graag de vieze moppen horen die Joege altijd vertelt. Het is wel vervelend voor Mischa twee, vind ik, zeker als er veel kinderen naar de nieuwe moppenclub gaan. Straks zijn er te weinig mensen over in zijn eigen moppenclub. Dan moet hij er misschien mee stoppen.
Melis zal wel bij de moppenclub van Mischa twee blijven. Ik heb hem nog nooit een heel vieze mop horen vertellen.

De ergste die ik me van hem kan herinneren is een mop over een broertje en een zusje die samen in bad zitten.

Als ze een tijdje in bad hebben gezeten, kijkt het meisje eens naar het piemeltje van haar broertje en vraagt: 'Mag ik hem even aanraken?' Het jongetje zegt geschrokken: 'Nee, je hebt die van jezelf ook al afgebroken!'

Dat vond ik ook nog wel een grappige mop. Het is ook niet zo, dat ik vieze moppen altijd vervelend vind. Helemaal niet. Maar wel die vieze moppen van Joege. Hij kan z'n nieuwe moppenclub het beste maar meteen de viezemoppenclub noemen. Want dat wordt het toch.

De juffrouw heeft vandaag onder de les trouwens ook een mop verteld. Ze probeert altijd in te gaan op dingen waar wij buiten school mee bezig zijn. Daarom heb ik mama ook gevraagd of ze tegen de juffrouw wilde zeggen dat ze in de klas niet over kanker moest beginnen. Want dat zou ze anders zeker hebben gedaan. Ze is heel aardig hoor, onze juf, maar ze bemoeit zich iets te veel met alles. Nu ook weer met de moppenclub. Ze is daar zelf dingen over gaan uitzoeken en zo. Over moppen, bedoel ik. Vandaag had ze een lesje over de geschiedenis van de mop. Dat mensen lang geleden dus al moppen aan elkaar vertelden, omdat mensen altijd al graag hebben willen lachen. Ze vertelde ook dat mensen misschien ooit met lachen zijn begonnen toen een bepaalde apensoort zich ontwikkelde tot mensen. Ze gingen rechtop lopen, maar dat ging niet altijd even goed en dan vielen ze weer om, en daar werd dan om gelachen. En door het rechtop lopen, moesten de eerste mensen ook steeds scheetjes laten en daar werd dan ook om gelachen. Nou ja, ik geloof dat allemaal niet zo, maar de juf zei dat ze het echt in een boek had gelezen. En dus ook dat mensen al heel lang geleden moppen aan elkaar vertelden. Een mop van heel vroeger die ze vertelde, ging over een vader en zijn zoon:

Een vader vond dat zijn zoon lui was en altijd veel te lang in bed bleef liggen. 'Je verslaapt je geluk,' zei de vader. Er is hier in het dorp eens een boer geweest die 's morgens vroeg bij het werken op het land een portemonnee met vijfhonderd goudstukken vond. De zoon zei: 'Dat geloof ik wel, vader, maar degene die de portemonnee verloren had, moet nog vroeger zijn opgestaan.'

De juffrouw wist vandaag denk ik nog niet dat Joege een eigen moppenclub wil beginnen. Anders had ze dat na de grote pauze wel laten merken. Ik ben nu benieuwd wat er morgen gaat gebeuren in de grote pauze.

Vandaag heb ik ook mijn spreekbeurt gehouden over rare woorden. Ik had de volgende tien woorden gekozen: groente, taaitaai, chachacha, eau de cologne, meetsysteem, boterham, vrijdag, vaarwel, jubeltenen en eenvoudig.
En ik heb er dus bij verteld waarom ik ze raar vind:
– groente (want je hebt ook rode groente)
– taaitaai (twee keer hetzelfde)
– chachacha (drie keer hetzelfde)
– eau de cologne (een Frans woord dat we ook in het Nederlands gebruiken, maar waarin de naam van een Duitse stad voorkomt, want Cologne is Keulen)
– meetsysteem (dat woord kun je ook van achteren naar voren lezen)

- boterham (ook als je geen ham op het brood doet, noem je het toch een boterham)
- vrijdag (dan heb je meestal juist geen vrij)
- vaarwel (alsof iemand die weggaat altijd met een boot wegvaart)
- jubeltenen (alsof je tenen aan het juichen zijn)
- eenvoudig (volgens een woordenboek dat ik heb, is dit woord ontstaan uit: één keer gevouwen)

Ik had er toch maar niet voor gekozen om de woorden 'dood' en 'kanker' in het rijtje van tien rare woorden te zetten. Dat vond ik te moeilijk. Te moeilijk om over te vertellen. Ik ben ook blij dat ik het niet gedaan heb. Met de woorden die ik nu had gekozen, ging mijn spreekbeurt best goed. Dat vond de juffrouw ook. Ik heb een 8,5 gekregen.

Bij 'taaitaai' heb ik de kinderen in de klas ook nog andere woorden laten noemen waarin twee keer hetzelfde staat. De hele klas samen wist er zo'n vijftien te noemen: jojo, tamtam, bonbon, byebye en nog zo een paar. Maar niemand dacht aan papa en zelfs niet aan mama, behalve ikzelf natuurlijk.

10

Vanavond heb ik nog ge-msn'd met Melis.

Fijn en niet fijn. Ik zal het straks uitleggen, maar eerst moet ik iets over papa vertellen. Die hoeft voorlopig niet meer te gaan werken. Hij heeft een tijdje vrij gekregen om thuis voor mama te zorgen. Dat klinkt mooi, maar ik ga daardoor denken dat mama heel snel dood zal gaan. Misschien dat de baas van papa heeft gezegd: 'Blijf de laatste paar weken dat je vrouw nog leeft maar lekker bij haar thuis.'

Op zich komt het wel goed uit dat hij vrij heeft, want mama ligt nu bijna de hele dag op bed. Ze kan niet meer zo goed lopen. Ik weet niet waarom. Ze kan ook geen eten meer voor ons koken. Dat doet papa nu. Dat deed hij trouwens al een tijdje, als we tenminste geen pizza haalden of thuis lieten brengen.

Mama slaapt ook veel. Als ik thuis ben, loop ik vaak even haar slaapkamer binnen. Maar meestal slaapt ze dan. Het is net alsof het slapen van haar steeds langer gaat duren. Misschien gaat ze op die manier dood. Dat ze straks zo lang slaapt dat ze niet meer wakker wordt en dan opeens dood is. Dat zou ik niet fijn vinden, want dan kan ik geen afscheid van haar nemen. En dat wil ik wel. Of eigenlijk niet natuurlijk, maar als het dan toch moet, wil ik nog iets tegen haar zeggen wat ik belangrijk vind. Dat ze een goede mama is geweest. Ik ga niet zeggen dat ik het erg vind dat ze doodgaat. Dat weet ze wel. Als ik dat zou zeggen, is dat ook niet fijn voor haar. Dan gaat ze zich misschien schuldig voelen, terwijl ze er natuurlijk niks aan kan doen. Ik moet juist dingen zeggen die ze fijn vindt om te horen.

Ik hoop dat Okke geen nare dingen tegen mama gaat zeggen. Bijvoorbeeld dat hij haar haat omdat ze doodgaat. Dat zou het ergste zijn wat er kan gebeuren. Ik heb al een paar keer geprobeerd met hem te praten over afscheid nemen van mama, maar hij wil niet praten. 'Hou je kop erover,' zegt hij dan.

Het is nu helemaal niet meer leuk thuis. Mama ziek op bed, papa die tegenover ons nog steeds doet alsof het allemaal goed komt en Okke die voortdurend boos is. En dan is er ook nog heel vaak bezoek. Ik vind bezoek meestal wel leuk, maar nu is er te vaak iemand. Tante Josje en tante Mies, oma Lea en opa Leen, die de ouders van mama zijn, plus ook nog Marieke en Els, de twee vriendinnen van mama. Ze zijn er allemaal bijna elke dag. Daardoor is het alsof ik niet meer thuis woon, maar in een soort hotel waar steeds mensen naar binnen en naar buiten lopen. Normaal zit ik het liefst in de woonkamer. Daar staan ook de televisie en de computer. Maar nu is het niet fijn om er te zitten, omdat die andere mensen er ook vaak zijn. Dan drinken ze een kopje koffie samen met papa en dan praten ze over mama. En dat wil ik niet horen. Maar ik kan daardoor ook geen televisie kijken of msn'en. Dus dan ga ik maar op mijn kamer zitten. Met Okke naast mij. Nee, niet echt naast mij. Hij op zijn kamer, ik op mijn kamer.

Natuurlijk zit ik toch wel elke dag even op msn en vanavond was Melis er dus ook.

'Gaat je moeder echt dood?' vroeg hij. Ik antwoordde met 'Ja', en toen schreef hij dat zijn eigen moeder ook al dood is. Dat geloofde ik niet meteen, want hij heeft een moeder. 'De moeder die ik nu heb, is niet m'n echte moeder. En mijn vader is ook niet m'n echte vader,' schreef hij.

'Dus je bent geadopteerd?' vroeg ik.

'Ja.'

'Al lang geleden?'

'Een paar maanden nadat ik geboren was.'

'Omdat je moeder toen dood was?'

'Ja, door een ongeluk.'

'Wat voor ongeluk?'

'Met de auto.'

'En je vader dan?'

'Die was al weg voordat ik geboren was.'

'Weg?'

'Hij is 'm gepeerd.'

'Hoezo gepeerd?'

'Weggegaan. En nooit meer iets van gehoord.'

'Tjee.'

'Ik heb nu wel heel goede ouders, hoor. Maar ik vind het wel shit dat mijn moeder dood is, ook al kan ik me niets van haar herinneren.'

'Wat erg.'

'Ja, daarom vind ik het ook zo erg dat jouw moeder doodgaat.'

Na die zin wachtte Melis niet meer op een reactie van mij. Hij meldde zich meteen af.

11

Met z'n zessen. Met zoveel waren ze vandaag. De vieze-moppenclub van Joege.

Joege, drie van zijn vrienden, plus Lucy en Gerdie. Ze hebben de poort van de school uitgekozen als vaste plek. Geen slim idee, want er zit geen dak boven. Als het regent, worden ze nat. Bij het fietsenhok sta je altijd droog, maar bij de poort niet. Ik stond vandaag op het schoolplein precies tussen de twee moppenclubs in. De moppenclub van Mischa twee is nog altijd heel groot: achttien kinderen. Maar bij de moppenclub van Joege werd het hardst gelachen. Expres. Ze lachten zo hard om anderen te doen geloven dat er bij hun club betere moppen worden verteld. Dat is natuurlijk niet zo, maar je zult zien dat er kinderen zijn die het geloven. Joeges club wordt de komende dagen nog wel iets groter, denk ik.

Ik heb vandaag nog geprobeerd om met Melis te praten. Maar dat ging niet. Hij was steeds bij andere kinderen. Misschien wilde hij ook niet met mij praten. Ik heb nooit geweten dat hij geadopteerd is. Meestal zijn het kinderen uit andere landen die geadopteerd worden. Je ziet het vaak aan het uiterlijk, aan de huidskleur of zo. Maar Melis ziet er hetzelfde uit als zijn ouders, de ouders die hij nu heeft. Ik heb ze wel eens gezien. Nu ik weet dat het niet zijn echte ouders zijn, gaan me misschien allerlei dingen opvallen als ik ze weer eens zie. Maar tot nu toe was me juist helemaal niets opgevallen.

Zijn echte moeder is dood, maar zijn vader leeft nog. Dat is ook raar, dat je weet dat je ergens nog een vader hebt, maar dat je niet weet waar hij woont.

'Hij is 'm gepeerd,' schreef Melis me gisteren dus.

Ik heb gisteravond nog aan papa gevraagd wat dat precies betekent: 'm peren.

'Vertrekken zonder iets te geven om de mensen en de dingen die je achterlaat,' zei papa.

'Dus mama peert 'm niet als ze doodgaat?' vroeg ik.

'Nee, niet bepaald,' zei papa. 'Maar je zegt sowieso nooit van mensen die doodgaan, dat ze 'm peren. Of nou ja: misschien dat je het soms kunt zeggen van iemand die zelfmoord pleegt.'

'Zo iemand peert 'm?'

'Je zegt het nooit zo, maar je zou het kunnen zeggen,' zei papa.

Papa was ook verbaasd om te horen dat Melis geadopteerd is. Hij kent de ouders van Melis wel een beetje, maar nog niet zo lang. Ze wonen in een van de straten aan de achterkant van school; daar hebben ze een winkel voor vloerkleden en gordijnen en zo. Papa vroeg me of de oudere broer van Melis ook geadopteerd is en of het de echte broer van Melis is. Daar had ik nog helemaal niet aan gedacht. En dat heb ik dus ook niet aan Melis gevraagd.

'Worden Okke en ik ook geadopteerd als mama en jij allebei dood zijn?' vroeg ik.

Papa schudde zijn hoofd en vertelde daarna iets wat ik misschien nooit gehoord zou hebben als ik niet over dat 'peren' zou zijn begonnen. Hij zei dat mama aan haar oudste zus, tante Josje, heeft gevraagd of die voor Okke en mij wil zorgen als er ook nog ooit iets ergs met papa gebeurt. Tante Josje heeft zelf geen kinderen. Ze heeft wel een man.

'En als Okke en ik dat nu eens niet leuk vinden?' vroeg ik.

Ja, maar het gebeurt waarschijnlijk toch nooit. Ik ga niet zomaar dood. En over een jaar of vijf is Okke al volwassen en jij over zeven jaar, dus dan zou het sowieso niet meer hoeven. En zeven jaar leef ik nog wel, hoor.

'Ik vind het toch een raar idee,' zei ik, 'ik zou dan nog liever bij tante Mies willen zijn.' Mies is de andere zus van mama.

'Omdat daar ook kinderen zijn zeker?' vroeg papa.

Ik knikte.

'Maar dan hebben ze van het ene op het andere moment vijf kinderen, dat is wel veel,' zei papa.

Ja, daar had hij natuurlijk gelijk in. Maar het lijkt me toch leuker dan bij tante Josje en ome Felix, die bijna nooit iets zegt.

'Och, het is maar theoretisch,' zei papa.

'Theo wat...?' vroeg ik.

'Ik bedoel dat het toch nooit zal gebeuren, dus maak je er maar niet druk om.'

'Hoe lang leeft mama nog?' vroeg ik opeens.

Papa was even stil. Hij beet op zijn lippen. Na een halve minuut of zo zei hij: 'Volgens de dokter niet meer zo lang. Een maand misschien. Het kan zijn dat ze nog net het nieuwe jaar haalt.'

Toen was ik ook even stil.

46

12

Sinterklaas, Kerstmis, Oudjaar, Nieuwjaar.
Dat is dus alles waar mama nog op mag hopen. Sinterklaas is volgende week. We maken net als vorig jaar surprises voor elkaar. We hebben lootjes getrokken. Ik moet iets voor Okke maken. Wie iets voor mama moet maken, weet ik niet. Ik hoop niet Okke, want die komt misschien met iets heel doms aanzetten. Die gaat zijn cadeautjes voor mama misschien wel in een kleine doodskist verstoppen. Ja, van hem kun je nu alles verwachten. Vandaag heb ik opnieuw geprobeerd met hem te praten. Ik ben gewoon zonder kloppen zijn kamer binnen gelopen. Hij lag op bed naar muziek op zijn iPod te luisteren.
'Kun je niet kloppen?' zei hij, terwijl hij zijn oortjes uitdeed.
'Dat heb ik gedaan,' loog ik.
'Maar ik heb toch geen "ja" of "binnen" gezegd?'
'Ik moet je iets vertellen,' zei ik, en ik ging op zijn bed zitten. 'Papa vertelde me gisteren dat mama misschien nog maar een maand leeft.'
'Ja, en?'
'Dat is bijna niks. Misschien is ze met Nieuwjaar al dood.'
'Ze kan toch niet meer beter worden.'
'Wat bedoel je?'
'Dat ze dan net zo goed zo vlug mogelijk dood kan gaan.'

'Dat meen je niet,' zei ik geschrokken.

'Dat meen ik wel.'

'Maar dat zeg je toch niet tegen mama, hoop ik.'

Okke zuchtte eens diep.

'We moeten er nog een leuke maand voor haar van proberen te maken,' zei ik.

'Een leuke maand,' zei hij spottend.

'Dat ze het zo fijn mogelijk heeft,' zei ik.

'Dat kan niet als je doodgaat,' zei Okke.

'Ik zei "zo fijn mogelijk",' reageerde ik, 'bijvoorbeeld met Sinterklaas.'

'Je bedoelt dat we een surprise voor mama moeten maken waarbij dan een kaartje zit met daarop de tekst: "Verrassing, je gaat niet dood".'

'Doe toch niet altijd zo stom,' zei ik boos.

Okke zuchtte opnieuw diep. 'Ik ga niet meer naar school,' zei hij.

'Helemaal niet meer?'

'Voorlopig niet.'

'Maar dat moet.'

'Ik meld me ziek.'

'En als papa dat niet goedvindt?'

'Dan blijf ik toch thuis.'

'Maar wat moet je hier thuis doen?'

Okke haalde zijn schouders op.

'Straks blijf je ook nog zitten,' zei ik.

'Interesseert me niks,' reageerde hij.

Ik wilde zijn hand vastpakken, maar hij trok hem meteen terug. 'Ik ben je vriendje niet,' zei hij.

'Ik heb geen vriendje,' zei ik. 'Heb jij een vriendin?'

'Gaat je niks aan,' antwoordde hij.

48

'Denk je dat papa weer een nieuwe vriendin krijgt als mama dood is?' vroeg ik.

'Moet hij weten,' zei Okke.

Toen vertelde ik dat papa gezegd had dat tante Josje voor ons gaat zorgen als er met hem ook nog iets gebeurt.

'Ik zorg wel voor mezelf,' zei Okke.

'Daar merk ik anders niks van,' zei ik.

Okke deed z'n oortjes weer in en draaide zich van me af. Ik ben teruggegaan naar mijn eigen kamer. Daar pakte ik m'n eigen iPod en zette Guus Meeuwis op: 'Ik mis haar'. Ik weet wel dat dat liedje niet gaat over iemand die dood is, maar zo kun je er wel naar luisteren. Ik vind het echt een liedje over mama: 'Wat ik ook probeer, ik denk alleen nog maar aan haar.' Nou ja, en ook een beetje aan Melis.

13

De viezemoppenclub van Joege is al gegroeid tot tien kinderen. Dat is veel. De moppenclub van Mischa twee is nog wel iets groter, maar dat duurt misschien niet lang meer. Joege keek heel blij toen hij na de grote pauze de klas in kwam. Ik hoorde hem zeggen dat de oude moppenclub nu wel snel een 'mopperclub' zal worden.
Dat sommige kinderen, zoals ikzelf, zijn moppenclub 'de viezemoppenclub' noemen, vindt hij helemaal niet erg. Het zijn wel vooral jongens die in zijn moppenclub zitten. Zeven jongens en drie meisjes: Lucy, Gerdie en Mira. Van Mira snap ik het niet. Die loopt elke dag samen met Mischa twee naar school. Ook vanmorgen nog. Ik heb hen samen zien lopen. Misschien hebben ze ruzie gehad. Of ze is een spion; dus dat Mischa twee haar juist gevraagd heeft om bij Joeges moppenclub te gaan. Misschien probeert hij zo iets te weten te komen van de viezemoppenclub.

Toen ik vanmorgen van huis wegging, lag Okke nog in bed. Vanmiddag lag hij er nog steeds. 'Hij is ziek,' zei papa. Mama lag vandaag niet in bed. Ze was op. Ze voelde zich goed, zei ze. Ze heeft nieuwe medicijnen en die zorgen ervoor dat ze wat meer puf heeft.
'Kunnen die nieuwe medicijnen je ook weer beter maken?' vroeg ik meteen.

'Dat niet,' zei mama, 'maar ik vind het al fijn dat ik niet de hele dag op bed hoef te liggen.'

Mama en ik hebben vanmiddag een spelletje gedaan. Dat was lang geleden. Vroeger deden we heel vaak spelletjes. Maar sinds mama ziek is, niet meer. Maar vanmiddag na school dus weer wel een keer. Mama ging eerst nog vragen of Okke mee wilde doen. Het duurde lang voordat ze terugkwam. Misschien dat ze met elkaar gepraat hebben. Of mama heeft dingen tegen Okke gezegd en Okke heeft steeds 'nee' geschud. Dat verwacht ik eerder.

'Komt-ie niet?' vroeg ik.

'Nee,' zei mama, 'hij voelt zich nog niet lekker.'

Even wilde ik zeggen dat hij helemaal niet ziek is en dat hij gewoon niet meer naar school wil. Maar ik heb het niet gedaan. Okke moet het zelf weten. Ik ga niet klikken. Ik snap ook wel dat hij geen zin meer heeft in school. Ikzelf heb dat nog wel, ook al moet ik op school vaak aan mama denken. Maar ik wil niet net als Okke de hele dag op bed liggen.

Mama krijgt trouwens weer snel een dikke buik. Vandaag zei ze tegen me: 'Kijk, ik ben weer in verwachting.' En ze aaide over haar bolle buik.

'Mam,' reageerde ik, 'dat moet je niet zeggen.'

Halverwege het spelletje dat we speelden, moest mama er toch mee stoppen. Ze werd plotseling heel moe. Ze moest even op de bank liggen, zei ze. Dat deed ze en ze viel meteen in slaap, met haar dikke buik naar boven. Ja, als daar een baby'tje in zou zitten en als mama alleen daarom een dikke buik zou hebben, zou dat mooi zijn. Maar dan zou ze ook haar borsten terug moeten hebben, want anders zou ze de baby geen borstvoeding kunnen geven.

Een baby kan natuurlijk ook wel flesvoeding krijgen, maar als mama borstvoeding zou kunnen geven, zou ze echt beter zijn. Weer helemaal heel.

Maar dat gaat natuurlijk niet meer gebeuren. Nooit meer. Toen mama sliep, ben ik op mijn kamer de surprise voor Okke gaan maken. Van een schoenendoos heb ik zogenaamd een iPod gemaakt. Okke heeft zijn echte iPod altijd bij zich en hij heeft hem bijna de hele dag aan staan. Vanuit de schoenendoos laat ik een draad lopen met twee oortjes eraan. En aan die draad maak ik dan de cadeautjes vast: een muziektijdschrift en een grappig T-shirt dat ik heb gevonden met een iPod erop. Op het shirt staat DOPI geschreven. Dat is de omkering van iPod. Ik heb ook maar meteen een gedicht voor Okke gemaakt:

Soms voel je je wat rot
Of ben je zelfs ziek
Dan helpt alleen je iPod
Met goede muziek

Je krijgt er nu wat bij
Het staat je zeker stoer
Dus kijk maar weer wat blij
Je blijft mijn lieve broer

Het is geen supergedicht, ik weet het, maar ik ben nu eenmaal niet zo'n dichter. Mama wel, die maakt met Sinterklaas altijd mooie en lange gedichten. Papa juist weer niet. Die doet maar wat. Zijn gedichten slaan meestal nergens op. Hij laat woorden rijmen die helemaal niet goed rijmen, bijvoorbeeld 'kano' en 'cadeau'. Op school heb ik van de juffrouw geleerd dat de klemtoon bij een rijm op dezelfde lettergreep moet liggen. En dat is bij deze woorden niet zo. Maar dat maakt papa allemaal niks uit. 'Ik kan dichten zonder mijn hemd op te lichten,' zegt hij altijd als we iets over zijn gedichten zeggen. Dat slaat dus ook nergens op.

14

Vandaag ben ik bij Melis geweest. Bij hem thuis. We hadden geen afspraak of zo. Maar na school maakte ik een omweg toen ik naar huis ging. Ik wilde even langs zijn huis lopen. Melis was op school eerder weggegaan dan ik. Hij woont in een huis met een winkel. Of meer in een huis óp een winkel. De winkel is nogal groot. Ze verkopen er dus gordijnen en vloerbedekking en zo. En Melis woont met zijn ouders boven de winkel. Zijn onechte ouders dan. Adoptie-ouders, als dat woord bestaat.

De winkel is best mooi. Ik ben er natuurlijk al wel eens eerder langsgekomen. Maar nu bleef ik even voor de grote etalage staan om naar binnen te kijken. Melis zag mij. Hij was in de winkel en wenkte dat ik binnen moest komen. Dat heb ik gedaan. Want ja, ik was langs die winkel gelopen in de hoop dat ik hem zou zien. Ik wilde met hem praten. Over zijn echte ouders. Hoe het is dat ze er niet meer zijn. Nou ja, zijn vader is nog wel ergens, maar Melis weet niet wáár. Ikzelf heb nog wel gewoon een vader, maar ik dacht dat Melis me misschien kon vertellen hoe het voelt om geen moeder te hebben. Hij weet dat, dacht ik. Maar hij wist het niet. Dat zei hij natuurlijk niet meteen toen ik de winkel binnen kwam. Nee. Hij heeft me eerst de winkel helemaal laten zien, alle dingen die ze er verkopen: Perzische tapijten, rolgordijnen, lamellen, noem maar op. Melis weet daar best veel van. Zijn adoptievader kwam me nog een hand geven. Aardige man, denk ik. Melis' adoptiemoeder was er niet. Ze was naar een beurs om naar nieuwe gordijnen te kijken. Nadat Melis me alles had laten zien, vroeg hij of ik nog even mee naar boven ging. En 'boven' was dan het huis waar ze wonen. Boven op de winkel. Het huis is ook net zo groot als de winkel.

We gingen in de woonkamer zitten. Melis schonk wat appelsap voor ons allebei in.

'Wilde je iets vragen?' vroeg hij. Alsof hij het wist. Alsof hij wist dat ik daarom langs de winkel was komen lopen. Ik knikte en zei: 'Mis je je echte moeder?'

Hij haalde zijn schouders op.

'Ik kan me helemaal niets van haar herinneren,' zei hij. 'Ik heb wel een foto waarop ze staat, maar ik weet bijna niets van haar. Ik vind het wel erg dat ze dood is en ik denk soms ook nog wel aan haar. Maar toch méér aan mijn vader. Die leeft nog. Ik hoef hem niet te zien, maar hij zou zomaar ineens voor de winkel kunnen staan, net als jij daarnet. Ik zou hem niet herkennen, maar hij zou kunnen zeggen: "Ik ben je vader."'

'Hoe zou je dan reageren?' vroeg ik.

Melis haalde opnieuw zijn schouders op. 'Ik denk niet dat ik blij zou zijn. Misschien eerder boos. Het is ook niet zo, dat ik nieuwsgierig ben naar mijn vader. Ik ben eerder bang dat hij me gaat zoeken en dat hij me mee wil nemen. Maar ik zal nooit met hem meegaan. Mijn ouders die ik nu heb, vind ik lief. Je hebt net mijn vader gezien. Ik vind hem lief en leuk. En mijn moeder ook. De moeder die ik nu heb, bedoel ik.'

Ik keek hem aan zonder iets te zeggen.
Hij nam een slokje van zijn appelsap.
Ik deed hetzelfde.
'Ik vind het erg voor je dat je moeder doodgaat,' zei Melis.
En toen moest ik huilen. Ik had het niet aan voelen komen. De tranen waren er voordat ik er erg in had.
'Het is echt heel rot voor je,' zei Melis, alsof hij wilde dat ik nog harder zou gaan huilen.
'Mijn oma is dit jaar doodgegaan,' ging hij verder.
Ik keek hem met betraande ogen aan. 'Je echte oma?' vroeg ik.
'Ja,' zei Melis, 'mijn echte oma. De moeder van m'n echte moeder. "Oma sliertjes" noemde ik haar altijd. Ze maakte altijd sliertjessoep. Een soort spaghettisoep, maar dan met dunnere sliertjes. Heel lekker. Ze is in de zomervakantie doodgegaan. Ik kwam nog vaak bij haar. En ze kwam ook wel eens hier. Ja, ik mis haar wel.'
'En heb je ook een opa?' vroeg ik.
Ik huilde nu niet meer.
Melis schudde zijn hoofd. Die is er wel ooit geweest, maar die is weggegaan toen mama net geboren was,' zei hij.
'Hij is 'm gepeerd,' zei ik.
'Wát?' vroeg Melis.
'Hij is 'm gepeerd,' herhaalde ik, 'ervandoor gegaan.'
'Ja, net als mijn vader,' zei Melis, 'die is 'm ook gepeerd.'
'En je andere oma en opa?' vroeg ik.
'De ouders van mijn eigenlijke vader?'
Ik knikte.
'Die heb ik nooit gezien,' zei Melis.
'Tjee,' verzuchtte ik.
'Nou ja,' reageerde Melis, 'ik had oma sliertjes toch.'

Ik knikte nog eens. 'Gelukkig maar.' En toen kwam er een zin uit mijn mond die misschien nogal raar klonk. Ik had die zin een keer van mijn vader gehoord.

'Mijn moeder vertrekt met pijn in het hart,' zei ik.

'Ik dacht dat ze kanker had,' reageerde Melis.

'Dat heeft ze ook,' antwoordde ik. 'Met pijn in het hart wil zeggen dat ze niet graag doodgaat.'

'Nee, natuurlijk niet,' zei hij, 'wie gaat er wél graag dood?'

'Mensen die zelfmoord plegen,' zei ik, 'die peren 'm ook.'

Ik nam nog een slokje van m'n appelsap.

'Appels en peren,' mompelde ik.

Melis keek me vragend aan.

Ik glimlachte even om m'n eigen stomme grapje, maar schudde mijn hoofd om aan te geven dat ik iets onbelangrijks had gezegd.

'Is je broer ook werkelijk je broer?' vroeg ik snel.

'Ja,' zei hij, 'gelukkig wel.'

'Maar hadden jullie niet liever bij je oma willen wonen?' vroeg ik.

'Ik denk het niet,' zei Melis. 'De vader en moeder die we nu hebben zijn goed voor ons. Dat zijn ze altijd geweest. Dat vindt mijn broer ook.'

Ik dronk mijn appelsap nu helemaal op.

Tien minuten later stond ik weer buiten. De vraag waarvoor ik was gekomen, had Melis niet beantwoord, tenminste niet heel duidelijk, maar ik was toch blij dat ik naar hem toe was gegaan. Ik had een echt gesprek met hem gehad. Echte gesprekken zijn fijn, vind ik. Heel fijn. Ik wou dat ik ze ook met Okke kon hebben.

15

Ik ben met mama meegegaan naar het ziekenhuis. Voor
het eerst. Dat wilde ik graag. En mama vond het goed.
We gingen met een taxi. Ze moest bloed laten prikken en
weer vocht uit haar buik laten halen. En ze had een gesprek met de dokter. Ik ook. Ik was erbij toen de dokter
met mama besprak hoe ze zich voelde en zo. Maar daarna
moest mama dus weg om bloed te laten prikken. Ik was
even met de dokter alleen. Nu heb ik de kans, dacht ik.
'Kan mama echt niet meer beter worden?' vroeg ik hem.
'Helaas niet,' zei de dokter.
'Is er nergens op de wereld iemand die haar beter kan
maken?'
'Een betere dokter dan ik bedoel je?'
'Nou ja iemand,' zei ik.
'Ik denk het niet,' zei hij. 'Ik ken alle onderzoeken en be-
handelmethoden die er op de hele wereld zijn voor de
ziekte die jouw mama heeft, en nee, daar zit niks bij
waarmee jouw mama op dit moment nog beter zou kun-
nen worden.'
'Dat weet u heel, heel zeker?' vroeg ik.
Hij knikte.
'En een wonder?'
'Geloof jij in wonderen?' vroeg de dokter.
Nu knikte ik.

'Ik ook,' zei hij. 'Ik zie ze soms gebeuren. Hier in het ziekenhuis. Mensen die heel erg ziek zijn en van wie ikzelf en alle andere dokters denken dat ze doodgaan en dan worden ze toch nog beter. Het komt bijna nooit voor. Maar heel soms wel. Dat zijn wonderen.'

En de dokter vertelde over een man van wie hij tien jaar geleden al dacht dat hij snel dood zou gaan, maar die nu nog steeds leeft.

'Zou zo'n wonder ook bij mama kunnen gebeuren?' vroeg ik.

'Ja, maar wat ik al zei: wonderen komen bijna nooit voor,' antwoordde de dokter.

'Maar het kan?' bleef ik volhouden.

'Het kan,' zei hij, 'maar reken er niet op.'

Toen kwam mama alweer terug.

'En nu uw buik nog,' zei de dokter. En tegen mij zei hij: 'Misschien dat je dit niet wilt zien.'

'Is het eng?' vroeg ik.

'Nee, niet echt,' zei de dokter, 'maar voor kleine meisjes misschien wel.'

'Ik wil later ook dokter worden,' zei ik opeens. Waarom ik dat zei, weet ik niet. Ik had er nooit eerder over gedacht om dokter te worden. Maar nu zei ik het zomaar.

'O, dan mag je er wel bij blijven,' zei de dokter.

Maar toen had ik ineens toch niet meer zo veel zin om te blijven. 'Ik wacht wel even in de wachtkamer,' zei ik.

Mama had al die tijd niets gezegd. Ze had een beetje droevig gekeken. Misschien had ze gehoord wat de dokter tegen mij had gezegd: dat ik niet op een wonder moest rekenen. En mama dus ook niet. Ik dacht dat ze dat ook allang niet meer deed. Maar misschien doet iedereen die doodgaat dat stiekem toch een beetje: hopen op een wonder.

Ik heb me wel afgevraagd of ik niet iets kan doen om ervoor te zorgen dat er een wonder gebeurt. Maar nee, dat kan denk ik niet, want dan zou het geen wonder meer zijn. Een wonder is er zomaar, ineens, zonder dat iemand vooraf weet dat er een wonder gaat gebeuren. Sommige mensen bidden om een wonder. En als er dan ook écht een wonder gebeurt, zeggen ze dat het door het bidden komt. Maar dat is onzin, want bij de meeste mensen die om een wonder bidden, gebeurt er geen wonder. Bidden helpt dus niet. Niets helpt. Hopen ook niet. Maar hopen helpt voor jezelf wel een beetje.

Toen mama de kamer van de dokter uit kwam, kon ik zien dat ze pijn had. Ze liep ook heel moeilijk en ze had gehuild, zag ik. God, laat alsjeblieft een wonder gebeuren, dacht ik bij mezelf. Ik gaf mama een hand. Samen liepen we langzaam naar de hal, en naar buiten, naar de taxi. Dat ik iets aan God had gevraagd, was wel gek. Ik geloof niet in God. Papa en mama geloven ook niet in God, en Okke volgens mij ook niet. Ik bid ook nooit en ik ga ook nooit naar een kerk. Maar nu had ik zomaar de naam God genoemd. Dat is raar, denk ik nu achteraf. God, God, God.

'Hallo God, kun je mama effe beter maken?'

'Ja, dat is goed, hoe laat precies moet ik dat doen?'

'Over tien minuten als het kan; dan zorg ik ervoor dat ik in de buurt ben, want ik wil het wel zien.'

'Komt voor elkaar.'

'O ja, en wilt u mama ook weer haar borsten teruggeven?'

'Is goed.'

Dat zou wel mooi zijn. Als iedereen in zijn leven één keer een wonder zou mogen laten gebeuren. Dan zou ik mama natuurlijk beter laten worden. Maar als mama haar wonderkans zelf nog niet zou hebben verbruikt, zou ze zichzelf beter kunnen maken. Dat zou ik mijn eigen wonderkans nog overhouden voor later, voor iets, voor wat, voor wie?

16

De moppenclub van Joege is gegroeid tot twaalf kinderen. Samir en Lieke zijn er vandaag ook bij gaan staan. Van Samir had ik het wel een beetje verwacht, maar van Lieke niet. Die heb ik zelf nog nooit een vieze mop horen vertellen. Misschien dat Lucy haar gevraagd heeft. Nu zijn er dus vier meisjes in de viezemoppenclub van Joege. En acht jongens. De twee moppenclubs zijn nu precies even groot.

Ik moet eerlijk zeggen dat ik de pauzes nu wel saaier vind dan toen ik nog bij de moppenclub van Mischa twee zat. Met Jorel, Simone en Eva is het op zich niet vervelend, maar veel lachen doen we niet. En dat mis ik wel. Maar ja, ik ben uit de moppenclub gestapt omdat ik niet meer wilde lachen of omdat ik dacht dat ik niet meer zou kunnen lachen. Vanwege mama, die zelf trouwens nog wel best vaak lacht. Gisteren waren we nog maar een halfuur terug uit het ziekenhuis waar ze zo veel pijn had gehad, of ze maakte alweer een grapje terwijl ze op de bank zat. Ik zat naast haar en had de televisie aangezet. MTV. Er was een videoclip op met vrouwen die dansten. De vrouwen hadden allemaal grote borsten en heel kleine topjes aan, waardoor hun borsten dus heel erg goed te zien waren. 'Daar zullen ze mij niet meer voor vragen,' zei mama lachend. Mama heeft zelf vroeger veel gedanst, heeft ze vaak verteld. Niet op tv of zo, maar als ze in de weekends uitging. Niet met papa, want dat is juist weer niet zo'n danser, maar met anderen of alleen. 'Ik stond vaak de hele avond op de dansvloer,' heeft ze wel eens gezegd.

Ikzelf vind dansen ook leuk. Ik doe vaak dansjes na die ik op MTV zie of ik bekijk op YouTube allerlei filmpjes waarin gedanst wordt. Soms als ik een dansje na probeer te doen, komt Okke binnen. Die begint me dan uit te lachen. Hem zie ik nooit dansen. Misschien is hij zoals papa, en ik zoals mama.

Kinderen lijken toch altijd vooral op een van hun ouders. Ik vooral op mama, geloof ik. Tenminste in hoe ik ben en doe. Ik heb er wel eens over nagedacht wie ik het minst graag dood heb: mama of papa. Dat is wel raar om daarover te denken, maar ik heb het wel gedaan. Ik bedoel dan wie ik zou kiezen als er iemand dood zou móéten gaan. En ik vind papa, eerlijk waar, heel lief en zo, maar ik zou toch hém uitkiezen. Dus dat hij dood zou moeten gaan en niet mama. Dat heb ik natuurlijk niet tegen hem gezegd en ook tegen niemand anders, maar het is wel waar. Als ik zou mogen kiezen, zou ik mama laten leven. Ik hou echt heel veel van papa, maar van mama misschien toch ietsjes meer. Liefst wil ik natuurlijk dat ze allebei altijd blijven leven, maar dat kan niet. Dat is nu al wel duidelijk. En degene die doodgaat, is mama. Ik heb niks te kiezen. En dat is misschien ook wel goed, want ja, ik zou het natuurlijk nooit hardop durven zeggen als ik echt zou moeten kiezen. Stel je voor. Dat een rechter of zo vraagt: 'En, wat is je keuze geworden: wie mag er blijven leven?' En dat ik dan zeg: 'Ik kies voor mama.'

Soms vind ik mezelf een vreselijk kind. Dat ik dit soort

rare dingen denk. Dat had ik eerst niet. Ik heb het pas sinds mama zo ziek is. Vorige week ook nog. De boter was 's morgens een keer op. Daarom at ik brood zonder boter. Maar dat vond ik helemaal niet lekker. Dat is toch raar. Want boter zonder brood vind ik ook niet lekker. Ik ga echt niet even een bordje boter eten. Bah. Maar als ik brood eet, moet ik daar dan juist wel boter op hebben om het lekker te vinden. Ik dacht opeens dat sommige dingen dus alleen lekker zijn als je ze samen hebt. Toen moest ik aan papa en mama denken. Dat ik ze allebei heb, vind ik wel leuk. Maar straks heb ik alleen nog maar papa. Dat is brood zonder boter. Of boter zonder brood. Van die rare gedachten heb ik nu soms. En dat vind ik niet leuk.

17

Mama vroeg onder het eten of wij haar doodskist zouden willen beschilderen. Ze vroeg het patsboem. Ik had meteen geen honger meer. En Okke rende direct van tafel weg, naar boven, naar zijn kamer.

'Dat was niet echt het goede moment, geloof ik,' zei mama.

'Nee,' zei ik.

'Nee,' zei papa. Hij schoof zijn bord een beetje van zich af zoals ik ook al had gedaan.

'Sorry,' zei mama. 'Ik dacht dat het wel kon. En ik moet er toch een kéér over beginnen.'

'Ik wil het wel doen,' zei ik, 'maar niet als jij er al in ligt.'

'Nee, maar dat is ook niet de bedoeling,' zei ze. 'Het moet van tevoren.'

'Hier?' vroeg papa.

'Hier of in het schuurtje,' zei mama.

'Vind je dat zelf niet raar,' zei papa, 'dat ze de kist al komen brengen terwijl je nog lang niet dood bent?'

'Nee,' antwoordde mama.

'Het lijkt mij wel eng,' zei ik.

'Maar je hoeft het natuurlijk niet te doen als je niet wilt. Ik kan het ook aan mijn zussen vragen of aan Marieke en Els.'

'Denk je dat die het leuk vinden?' vroeg papa.

'Dat weet ik niet, maar ik wil een kist die mooi beschilderd is,' zei mama.

'Die kun je ook zo kopen,' zei papa.

'Maar het leek mij juist zo fijn als jullie dat zelf doen,' reageerde mama.

'Okke kan mooi tekenen en schilderen,' zei ik.

Mama knikte. 'Misschien kun jij het nog eens aan hem vragen,' zei ze. 'Maar nu moeten we eten, anders wordt het allemaal koud.'

Ze stond met moeite op en ging naar de gang. Onder aan de trap riep ze: 'Okke, kom je? Je eten wordt koud.'

Maar Okke kwam niet naar beneden. Dat deed hij twee uur later pas. Toen smeerde hij in de keuken een paar boterhammen.

'Het spijt me van daarstraks,' zei mama tegen hem. 'Ik had er niet over moeten beginnen onder het eten.'

Okke reageerde niet. Hij nam zijn gesmeerde boterhammen mee naar de woonkamer en zette de televisie aan.

Ik heb nog nooit iemand zo lang achter elkaar chagrijnig gezien als Okke. Hij is het nu al maanden. Ik vind het egoïstisch van hem. Hij doet net alsof hij zelf doodgaat. Mama kan er toch niks aan doen dat ze niet meer beter wordt? Papa heeft al wel een paar keer met hem gepraat, maar dat heeft niet geholpen. Okke is en blijft boos. En die kist van mama gaat hij nooit, maar dan ook nooit beschilderen.

Het lijkt me ook echt eng, zo'n doodskist.

Als mama hem ook vanbinnen beschilderd wil hebben, moeten we zelfs in de kist kruipen om dat te kunnen doen. Maar dat wil ik niet. Ik ga niet in een doodskist zitten of liggen. En dat gaat Okke ook niet doen. Niemand ziet die kist trouwens van de binnenkant. Mama zelf natuurlijk ook niet als ze er dood in ligt. Ik vind het heel raar om eraan te denken hoe ze in de kist zal liggen. Welke kleren wil ze aanhebben? En wie gaat die haar aantrekken als ze dood is? Ik moet rillen als ik eraan denk. Ik heb het er vandaag nog met Irscha over gehad. We zijn vanmiddag nog even samen in de stad geweest. Daar hebben we sushi gegeten. Irscha zou het zelf wel doen, zei ze, de doodskist van haar moeder beschilderen als die het ooit aan haar zou vragen. Irscha stelde nog voor om de kist van mijn moeder samen te beschilderen. Dus Irscha en ik. Ik weet het niet. Het is ook net alsof je met zo'n beschilderde kist de dood wat leuker wilt maken. Maar waarom? De mensen die naar zo'n kist moeten kijken, worden er echt niet vrolijker van. De meeste kisten zijn bruin. Lichtbruin. Een beetje saai. Ik snap ergens wel dat mama liever in een mooiere kist wil liggen, ook al merkt ze er straks niks van als ze er écht in ligt. Of zou ze denken dat ze het wel merkt? Dat doet misschien iedereen die doodgaat. Als je mensen zou vragen waar ze het liefst begraven willen worden, in een bloemenveld of op een vuilnisbelt, dan zal iedereen toch wel een bloemenveld kiezen. Zolang je leeft, kies je voor het mooiste, ook al gaat het om iets waarmee je pas te maken krijgt als je niet meer leeft. Je kunt nu eenmaal niet denken als een dode. Dus ik begrijp mama toch wel. Als ze het echt zo graag wil, ga ik haar kist beschilderen. Ja, dat doe ik; dat heb ik nu besloten. Nu net.

18

Er is gevochten tussen de twee moppenclubs. Het regende vandaag in de grote pauze. Voor de moppenclub van Mischa twee maakt dat niets uit, want die staat droog onder het afdak van het fietsenhok. Maar de viezemoppenclub van Joege staat bij de poort, waar geen afdak is. Op het hele schoolplein is verder geen afdak te vinden. De meeste kinderen blijven trouwens binnen als het regent. Maar de moppenclub van Mischa twee gaat wel altijd naar buiten, want zij hebben dat afdak. Ineens kwam de viezemoppenclub van Joege daar vandaag ook staan. Maar het afdak is niet zo groot dat je er met twee groepen onder kunt zonder heel dicht op elkaar te staan. Rens, die bij de moppenclub van Mischa hoort, zou tegen Joege gezegd hebben dat hij er niet bij kon. 'Deze plek is van niemand,' schijnt Joeges reactie te zijn geweest. Waarop Rens weer gezegd zou hebben dat zijn club, die van Mischa twee dus, er altijd al had gestaan en er daarom meer recht op had. Hoe hij het precies heeft gezegd, weet ik niet, want ik was dus binnengebleven. Nou ja, als ik buiten was geweest, had ik het waarschijnlijk ook niet gehoord.
Mischa twee heeft later in de klas verteld hoe het allemaal is gegaan. Joege zou Rens opzij geduwd hebben, waarop Rens terugduwde. Daarna begonnen eerst Rens en Joege met elkaar te vechten en meteen daarop ook de anderen

van Joeges club met een paar kinderen van de club van Mischa twee. Mischa twee zelf ook. Maar Melis niet. Volgens Mischa twee stond Melis alleen maar steeds te roepen: 'Ik ken nog een goeie mop. Ik ken nog een goeie mop.'

Al snel liep meneer Brok, de directeur van school, naar buiten om de vechtpartij te laten stoppen. Maar er was intussen al wel van alles gebeurd. Rens had een bloedneus en van Lucy's jasje was een mouw half afgescheurd. Dat zou Xandra hebben gedaan, maar volgens Xandra had ze Lucy helemaal niet aangeraakt en was Lucy met haar jas aan het hek van het fietsenhok blijven haken. In de klas na de pauze werd er nog steeds over doorgepraat. Nou ja, gepraat...

'Jij betaalt het!' schreeuwde Lucy.

'Je moeder,' zei Xandra.

Toen werd Lucy pas echt kwaad. Ze vloog uit haar stoel en wilde Xandra aanvallen.

'Stop,' riep de juf.

Maar Lucy stopte niet. Ze was in een paar seconden bij Xandra, pakte haar bij haar haren en trok haar overeind.

'Au,' riep Xandra, en ze mepte met haar linkerarm naar Lucy, die daardoor weer losliet.

'Stoppen, nu meteen,' riep de juf, die intussen naast Lucy stond. 'Zitten, op je plaats.'

Lucy liep terug naar haar plaats en ging zitten. Xandra voelde eerst nog even aan haar haren en ging toen ook zitten.

'Wat is dat allemaal voor een raar gedoe?' vroeg de juffrouw.

Ze vroeg het aan niemand speciaal, zodat er ook niemand antwoordde.

'Een moppenclub is er om te lachen en niet om ruzie te maken,' zei de juffrouw.

'Maar ze heeft mijn jas kapotgemaakt,' reageerde Lucy, terwijl ze eerst naar Xandra wees en daarna naar haar mouw: 'Hier, kijk dan.'

'Ik heb haar niet aangeraakt,' zei Xandra.

'Stil,' riep de juffrouw. Ik wil jullie nu niet meer horen. Ik wil niemand meer horen. Kinderen van groep 8 moeten het voorbeeld geven en wat doen jullie? Vechten en schreeuwen tegen elkaar. Mooi is dat.'

'Ze moet het betalen,' zei Lucy.

'En nu ga je naar meneer Brok,' riep de juffrouw. 'D'r uit. Ga maar tegen meneer Brok vertellen wat er gebeurd is.'

'Dan wil ik ook naar meneer Brok,' riep Xandra, 'anders is het niet eerlijk.'

'Jij gaat straks,' zei de juffrouw.

Lucy stond op, liep naar de deur, draaide zich nog een keer om en stak haar tong naar Xandra uit. Die stak haar middelvinger op.

'Wat een gedoe,' verzuchtte de juffrouw. 'Had dit niet voorkomen kunnen worden?' vroeg ze, terwijl ze naar Mischa twee keek. Mischa haalde zijn schouders op.

'Hoe is het begonnen?' vroeg de juffrouw.

Mischa twee vertelde daarop het hele verhaal. Hij vertelde het zonder namen te noemen. Joege wilde hem een paar keer onderbreken, maar hij moest zijn mond houden van de juf. Toen Mischa twee zo ongeveer klaar was met zijn verhaal, kwam Rens binnen. De juffrouw had hem blijkbaar nog niet gemist. In zijn rechterhand had hij een zakdoek, die helemaal rood zag. Er kwam geen bloed meer uit zijn neus, maar Rens hield de zakdoek toch in de buurt ervan. Blijkbaar was hij bang dat zijn neus zo weer zou kunnen gaan bloeden.

'En wat is er met jou gebeurd?' vroeg de juffrouw.
'Joege...' begon Rens, maar van de juffrouw mocht hij niet meer verder praten. 'Stop maar, stop maar,' zei ze, 'jij en Joege zijn dus met vechten begonnen?'
'Nee, hij,' riep Joege.
'Jij,' schreeuwde Rens.
'Monden dicht,' riep de juffrouw keihard. 'Mischa twee, Joege, Rens en Xandra, jullie lopen met mij mee naar meneer Brok. De rest pakt nu een leesboek en gaat stil voor zichzelf zitten lezen. En écht stil, bedoel ik.'
We pakten allemaal ons leesboek uit ons kastje, terwijl de kinderen die de juffrouw had opgenoemd achter haar aan de klas uit liepen.
Meteen nadat de deur dicht was, zei Gerdie dat het echt Xandra's schuld was dat de jas van Lucy kapot was.
'Dat is niet waar,' reageerde Mira, 'Xandra heeft haar niet eens aangeraakt.'
'Waarom zeg je dat?' vroeg Gerdie. 'Jij zit toch ook in Joeges moppenclub?'
'Wat heeft dat er nou mee te maken,' zei Mira, 'het is gewoon niet waar.'
Een heleboel kinderen begonnen nu door elkaar te praten en sommige begonnen zelfs te schreeuwen. En plotseling was daar de juffrouw weer. 'Wat had ik gezegd?' riep ze. 'Dat je stil moest gaan zitten lezen,' voegde ze er zelf meteen aan toe. Niemand zei meer iets. Het was te zien dat de juffrouw woedend was. Ze hijgde helemaal. Haar borsten gingen snel op en neer. Ik dacht meteen weer aan mama. Ik zou alles willen doen om mama zo kwaad te krijgen dat ze op precies dezelfde manier boos zou zijn als de juffrouw. Met tieten die op en neer zouden gaan.

19

Ik heb geprobeerd om een brief te schrijven aan Okke.
Maar ik vond alles wat ik opschreef stom klinken. Dat
komt omdat het mijn broer is, die zijn kamer heeft naast
mijn kamer. Normaal ga je met elkaar praten als je zo
dicht bij elkaar bent. Maar dat kan niet met Okke. Daarom wilde ik een brief schrijven. Maar het lukte dus niet.
Toen ben ik toch maar naar hem toe gegaan. Ik heb eerst
geklopt. Omdat hij niet reageerde, ben ik zo zijn kamer
binnen gelopen. Hij lag op bed naar muziek te luisteren,
alsof hij er al maanden lag.
'Mama wil graag dat we haar doodskist versieren,' zei ik.
Okke keek me boos aan, maar deed gelukkig wel zijn
oortjes uit.
'Mama wil graag dat we haar doodskist versieren,' her-
haalde ik.
Hij tikte met een wijsvinger tegen zijn voorhoofd.
'Maar jij kunt mooi tekenen,' zei ik.
'Ik ga geen doodskist beschilderen.'
'Het is voor mama.'
'Als ze dood is, ziet ze er toch niks van.'
'Maar ze wil het graag.'
'Maar ik wil het niet.'
'Waarom niet?'
'Omdat ik het belachelijk vind. Alleen mama wil het en

zij is juist de enige die het niet zal zien. Ze moet eens nadenken.'
'Mama is ziek, Okke. Je zou wat aardiger voor haar moeten zijn.'
Ineens ging hij rechtop zitten, pakte zijn iPod die naast
hem op bed lag en smeet het ding zo tegen de muur. Ik
schrok me rot.
'En nu mijn kamer uit,' schreeuwde hij tegen mij.
Maar ik kon me niet bewegen van de schrik.
'Mijn kamer uit,' schreeuwde hij nog een keer.
Op dat moment hoorde ik iemand de trap op komen lopen. Ik kon aan het lopen horen dat het papa was. Het
kon ook niemand anders zijn, want mama lag in bed. Ik
had de deur van Okkes kamer iets open laten staan toen
ik naar binnen was gegaan. Papa duwde hem verder open,
keek naar Okke en mij en kwam de kamer binnen.
Hij zei niets. Ik stond nog steeds bij het bed van Okke.
Papa ging bij Okke op bed zitten. Okke ging weer liggen, draaide zich om en drukte zijn gezicht diep in zijn
kussen. Papa legde een hand op zijn rug. Okke schoot
overeind, sloeg de hand weg en riep: 'Weg jullie, allebei
weg, dit is mijn kamer, ik wil alleen zijn.'
Papa probeerde een hand op zijn schouder te leggen en
hem te kalmeren. 'Rustig maar,' zei hij. Maar Okke werd
alleen maar bozer. Hij sloeg opnieuw de hand van papa
weg en schreeuwde: 'Mijn kamer uit.'
Toen werd papa boos. Hij stond op, deed eerst de deur
van de kamer dicht en zei toen heel streng maar toch niet
al te hard: 'Is het nou eens een keer afgelopen met dat gedoe? Je bent alleen maar met jezelf bezig. Ik snap dat je
het moeilijk hebt, maar we hebben het allemaal moeilijk.

We moeten elkaar juist steunen. Jij bent alleen maar met je eigen boosheid bezig. Denk eens aan mama. Mama is toch degene die het 't allermoeilijkst mag hebben? Maar jij laat haar in de steek. Je denkt alleen aan jezelf. Alsof het mama's eigen schuld is dat ze ziek is. Alsof ze expres ziek is. Ze heeft je steun nodig, Okke. Ze heeft de steun van iedereen nodig. En als je die nu niet weet te geven, heb je daar straks spijt van. Dan ga je jezelf verwijten maken. We snappen echt wel hoe moeilijk het voor je is. Maar het draait nu niet alleen om jou. Het draait ook om Wietske, om mij, om de zussen van mama, om oma Lea en opa, en vooral om mama zelf. We moeten elkaar helpen. Jij moet mama helpen en je niet steeds terugtrekken hier op je kamer. Mama gaat dood. Misschien al over een paar weken. En jij ligt hier steeds boos te wezen. Het is zonde van de tijd. Probeer de tijd die we nog bij elkaar kunnen zijn, beter te benutten door aardig te zijn. Dat heeft mama verdiend. Dat vind jij ook. Dat weet ik. Je moet die boosheid van je opzij kunnen zetten. Je moet accepteren dat het is zoals het is. Mama gaat dood! En van elke minuut dat ze nog bij ons is, moeten we proberen te genieten. Straks kan het niet meer. Ik hoop dat je dat snel inziet.'

Okke drukte zijn handen tegen zijn oren.

Papa hield op met praten. Twee keer had hij de zin 'Mama gaat dood' gezegd. Hij had die zin zachter uitgesproken dan zijn andere zinnen, alsof hij bang was dat mama hem zou horen.

Ik raapte Okkes iPod op, die uit elkaar gevallen was, en dacht aan mijn sinterklaassurprise. Ik legde de twee stukken van de iPod op Okkes bureau. Papa keek me aan.

Door mijn eigen tranen heen zag ik de tranen in zijn ogen. Ik ging Okkes kamer uit en liep naar mama's kamer. Mama sliep. Of misschien deed ze alsof ze sliep. Ik hoorde dat papa naar beneden liep. Even later zat ik op mijn eigen kamer. Op de kamer van Okke bleef het stil.

20

Sinterklaasavond is niet doorgegaan of maar half. Nou ja, hij is natuurlijk op zich wel doorgegaan, maar niet voor ons, tenminste niet echt. Mama was heel ziek. We konden echt geen normale surprise doen. Papa vond dat we het toch moesten doen, zonder mama, maar dat wilden Okke en ik niet. Nu hebben we het half en half gedaan. Bij papa en mama op de slaapkamer. Eigenlijk hebben we geen surprise gedaan, maar ook weer wel. Ik heb de surprise die ik voor Okke had gemaakt eerst zelf op mijn eigen kamer uitgepakt, zonder dat iemand het heeft gezien. De echte cadeautjes, het muziektijdschrift en het T-shirt, heb ik eruit gehaald en die heb ik hem gegeven. Zonder het gedicht.

Zelf heb ik wel de hele surprise gekregen die papa voor mij had gemaakt: een sjaal die hij had ingepakt als een slang. En op de sjaal had hij dan nog wat dingetjes gespeld: een bioscoopbon, een armbandje en wat plakplaatjes, alsof ik nog een klein kind ben. En er zat een gedicht bij, echt zo'n raar papa-gedicht, dat ik hier nu niet ga opschrijven. En ik heb ook nog een boek van hem gekregen, over de Citotoets. Die toets moeten we over twee maanden maken, in februari. Maar ik denk er nog helemaal niet aan. Ja, op school oefenen we wel voor de toets, maar het interesseert me verder niet veel. Februari. Dan zal mama wel dood zijn.

Mama had voor ons allemaal een fotoboek gemaakt. Voor mij een fotoboek met alleen maar foto's van haar en mij; voor Okke een fotoboek met foto's van haar en Okke; en voor papa een fotoboek met foto's waarop zij en papa steeds staan. Echt heel bijzonder. Dat ze dat nog heeft kunnen doen. Of misschien heeft ze het door oma Lea laten doen of door opa Leen.

Op de eerste bladzijde van mijn fotoboek staat: 'Ter herinnering aan alle fijne momenten.' Het is het handschrift van mama. Ik heb erom moeten huilen. Niet meteen toen ik het zag, maar daarna op mijn kamer, toen ik het fotoboek weer opendeed. In Okkes boek zal mama wel hetzelfde hebben geschreven.

De surprise die Okke voor mama had gemaakt, was best lief. Veel liever dan ik gedacht had. Een verrekijker. 'Voor als je in de hemel bent en naar ons wilt kijken,' had hij erbij geschreven op een klein briefje. Het was geen gedicht, maar wel een mooie zin, vond ik. Zeker voor Okke. Maar mama was echt te moe om het cadeautje zelf uit te pakken. Dat kun je je misschien niet voorstellen: dat iemand te moe is om een cadeautje uit te pakken. Maar mama kon het echt niet. Papa deed het voor haar, maar toen hij het haar wilde laten zien, sliep ze. Intussen zal ze het wel gezien hebben en ze zal er ook wel blij mee zijn, denk ik. Een verrekijker. Okke meent het natuurlijk niet echt. Dat mama vanuit de hemel met die verrekijker naar ons kan gaan zitten kijken. Want ja, de hemel: waar is de hemel? Is er wel een hemel? Maar het is wel een grappig idee. Dat mama heerlijk boven op een berg ligt, in de warme sneeuw, waarop zelfs bloemen kunnen groeien, en dat ze dan met een glimlach naar ons ligt te turen. Gek dat je bij de hemel altijd aan zulke dingen denkt: bergen, bloemen, lekker weer. Nooit aan schoolbanken, trappenlopen, regen en wind of zo.

Hemel.

Wat een raar woord.

Maar dat is bijna elk woord als je er lang naar kijkt en de echte betekenis ervan kent, zoals 'kanker', dat 'krab' betekent.

Dat Okke de verrekijker heeft gegeven en die ene zin heeft opgeschreven, betekent dat hij nu toch ook voor zichzelf heeft toegegeven dat mama snel dood zal gaan. En mama zelf heeft het met haar fotoboeken natuurlijk helemaal duidelijk aangegeven: nog een paar dagen of weken en dan ben ik alleen nog maar een herinnering. Het was dus onze laatste surpriseavond met z'n vieren. Dat is wel zeker. Misschien komt er wel nooit meer een nieuwe surpriseavond voor mij. Want een surpriseavond alleen met papa en Okke, dat lijkt me niet zo leuk. Maar het kan zijn dat papa weer een nieuwe vrouw vindt. Daar heb ik natuurlijk wel aan gedacht. Papa zelf niet, denk ik, maar ik wel. Hij zou met Marieke kunnen trouwen, een van mama's vriendinnen. Zij is zelf niet getrouwd. Marieke is best een leuk iemand, vind ik. Maar het zou wel heel gek zijn, een nieuwe mama. En die ga ik natuurlijk ook nooit 'mama' noemen. Okke zou het alleen maar stom vinden als papa een nieuwe vrouw krijgt. Dan gaat hij onaardig en boos tegen haar doen. Hij gaat haar misschien wel proberen weg te pesten. Of hij sluit zich opnieuw in zijn kamer op: weken, maanden. Dat wil ik niet. Ik wil dat alles fijn is; dat er geen ruzie is, dat iedereen blij kan zijn, dat we samen in de fotoboeken van mama kunnen kijken. Dat we kunnen lachen om sommige foto's in mijn fotoboek, zoals de foto waarop mama en ik naast elkaar van een waterglijbaan glijden, onze benen een beetje omhoog, de ogen en mond wijd open en onze armen in de lucht.

21

Vandaag waren er geen moppenclubs of er hadden er geen geweest moeten zijn. Meneer Brok heeft gisteren tegen Mischa twee en Joege gezegd dat de moppenclubs de rest van de week niet meer bij elkaar mogen gaan staan in de pauze. Als straf voor de vechtpartij. Melis noemde het een samenscholingsverbod. Dat is volgens hem het echte woord als je niet als groep bij elkaar mag staan.

Dat samenscholingsverbod is een rare maatregel van meneer Brok, want er lopen in de pauze natuurlijk toch altijd groepjes kinderen samen over de speelplaats. Het zou raar zijn als iedereen apart over het speelplein zou gaan lopen of ergens helemaal alleen zou gaan staan.

En het was dus vandaag ook niet zo, dat er géén groepjes waren. Maar de moppenclubs stonden in ieder geval niet op hun vaste plaats. De moppenclub van Mischa twee liep in kleine groepjes wat rond. Ik geloof niet dat ze elkaar moppen vertelden.

Joege had met zijn moppenclub iets aparts bedacht. Iedereen van Joeges club had thuis een paar moppen op briefjes geschreven. Ze liepen allemaal apart van elkaar over het schoolplein en gaven elkaar steeds zo'n moppenbriefje door als ze elkaar tegenkwamen. Slim bedacht. En meneer Brok kon er natuurlijk niks tegen doen. Soms kregen ook kinderen die niet bij Joeges moppenclub horen een briefje in hun handen gestopt. En zij gaven die briefjes dan weer door aan andere kinderen. Daardoor had aan het einde van de grote pauze bijna iedereen wel een mop gelezen. Ik zelfs twee:

Een vrouw ligt op een bankje in het park. Dan komt er een zwerver aan en die vraagt aan haar: 'Wil je vrijen?'
'Nee, natuurlijk niet!' antwoordt de vrouw, waarop de zwerver zegt: 'Ga dan van mijn bed af!'

De juf zegt: 'Wie zichzelf dom vindt, moet gaan staan.'
Iedereen blijft zitten.
Maar ineens gaat Jantje staan.
'Waarom ga je nu staan, Jantje?' vraagt de juf. 'Vind je jezelf dom?'
'Nee, hoor,' zegt Jantje, 'maar ik vind het zo zielig als u in uw eentje staat.'

Het viel me op dat het niet eens vieze moppen waren. Die mop over de juffrouw heeft iemand van Joeges club natuurlijk expres opgeschreven omdat onze juffrouw gisteren zo boos was. Ook vandaag was ze nog niet erg vrolijk. Dat kwam ook omdat Lucy en Xandra vanmorgen meteen weer ruzie met elkaar aan het maken waren. Lucy vindt nog steeds dat het Xandra's schuld is dat haar jas kapot is gegaan. Ze wil dat ze een nieuwe betaalt. Maar Xandra doet dat zeker niet. Ze lachte Lucy gewoon uit, die daardoor natuurlijk nog driftiger werd. Dat komt niet meer goed tussen die twee dit jaar, denk ik.
Het schooljaar is toch al minder leuk dan ik vooraf had gedacht. Het komt vooral doordat er in de klas nu twee

kampen zijn: de moppenclub van Mischa twee en de moppenclub van Joege. En daartussen zitten dan nog kinderen die nergens bij horen, zoals ik nu ook. Ik moet nog zien hoe dat over een paar maanden gaat als we de musical moeten instuderen voor het afscheid van school. Want dat doet groep 8 elk jaar: een musical opvoeren. Ik heb de vorige musicals van andere groepen altijd heel mooi gevonden. Daarom leek het me ook zo fijn om nu zelf een keer mee te mogen spelen in een musical. Maar nu heb ik er juist helemaal geen zin in. Natuurlijk ook omdat mama er niet bij zal zijn. Maar ook door die twee kampen in de klas. Misschien dat de juffrouw er nog iets op gaat bedenken. Bijvoorbeeld dat ze de hoofdrollen geeft aan de kinderen die niet bij een moppenclub zitten. Dan maak ik nog kans op een hoofdrol. Maar ik weet niet of ik die zou willen. Een hoofdrol spelen in een musical terwijl je moeder net een paar maanden dood is. Want ja, dat is nu wel zeker: dat mama snel dood zal gaan. Misschien zou ik het doen als het een droevige musical is. Maar de meeste musicals op school zijn juist vrolijk. Mama zelf zou het trouwens niet erg vinden als ik de hoofdrol zou spelen in een vrolijke musical. Dat weet ik zeker. Ze zou juist graag willen dat ik zo'n hoofdrol zou nemen. 'Als ik straks niet meer leef, moet jij voor twee leven,' zei ze pas tegen mij, 'voor jezelf en voor mij.' Ik weet het niet. Ik weet dat mama doodgaat. Maar ik weet niet hoe ik zal reageren. Ik zal elke dag wel heel vaak aan haar denken. Ik zal haar vreselijk missen. 's Morgens bij het ontbijt; 's middags als ik uit school kom en op mijn kamer zit; 's avonds als ik op de bank zit en naar de televisie kijk, overal en altijd. Maar als mama wil dat ik voor twee leef, ga ik dat doen. Ik ga het in ieder geval proberen te doen. Alleen weet ik nog niet hoe het moet. Twee keer zo aardig zijn voor opa en oma? Dubbel zo hard lachen als er iets leuks gebeurt?

22

Mama slaapt nu echt heel erg veel. Dat doet ze al dagen. In het begin dacht ik dat veel slapen goed voor haar was. Want dat zeggen ze altijd: als je ziek bent, moet je goed slapen, dan word je weer beter. Maar dat mama zoveel slaapt, komt door de pillen die ze slikt en door speciale pleisters die ze opgeplakt krijgt. Morfinepleisters zijn dat. Het woord 'morfine' heb ik papa al een paar keer horen gebruiken. Ik heb het opgezocht in een woordenboek. Het is een middel waardoor je geen pijn voelt en dat je bedwelmt. Dat laatste betekent dat je er slaperig van wordt. In het woordenboek staat ook dat het woord 'morfine' ontstaan is uit de naam Morpheus. Morpheus was voor de mensen die vroeger in Griekenland woonden de god van de dromen. Die mensen geloofden in heel veel verschillende goden. En Morpheus was voor hen de god van de dromen. Dat is dan wel weer mooi, vind ik. Dankzij Morpheus' morfine heeft mama nu geen pijn en ligt ze te dromen. Tenminste, dat hoop ik. En ik hoop dat het dan fijne dromen zijn. Geen nachtmerries. Maar als ze slaapt, is ze steeds heel rustig, dus nachtmerries zal ze wel niet hebben. Ik weet dat ze steeds vaker steeds langer zal slapen. En op het laatst wordt ze niet meer wakker. Dan is ze dood. Dat heeft de dokter gezegd en dat had ik zelf ook al wel bedacht. Het kan echt al heel snel zijn. Misschien nog voor het begin van het nieuwe jaar.

Als mama niet slaapt, blijft ze toch in bed liggen. Ze kan niet meer opstaan. Twee keer per dag komt er iemand om haar te verzorgen en te wassen. Papa heeft voorgesteld om een bed in de woonkamer te zetten, maar dat wil mama niet. 'Dan draait alles om mij,' heeft ze gezegd.

Maar dat doet het natuurlijk toch. Er komt nu ook heel veel bezoek voor mama. Sommige mensen die op bezoek komen, heb ik nooit eerder gezien. De meesten blijven maar heel even, tien minuten of een kwartiertje. Sommigen hebben er niks aan dat ze komen omdat mama slaapt als ze er zijn. De meesten komen om afscheid te nemen. Ze willen mama nog een keer zien en een hand of een zoen geven.

Het liefst ben ik er niet als al die mensen komen. Want ze vinden altijd dat ze ook iets tegen mij moeten zeggen. En dan zeggen ze van die vervelende dingen. Bijvoorbeeld dat ik een flinke meid ben. Dat vind ik echt zo sukkelig: 'Je bent een flinke meid.' Dat kun je misschien tegen een kind van vier jaar zeggen, maar ik ben bijna twaalf. Of ze zeggen dat ik een lieve meid ben. Terwijl ze me niet eens goed kennen. En dan heb je er ook nog bij die me zachtjes in mijn wang willen knijpen. Ik ben geen knijpkat. Okke laat zich nooit zien als er bezoek is. Hij zit dan op zijn kamer en komt er pas uit als hij zeker weet dat iedereen weg is. Papa vindt dat hij iedereen een hand moet komen geven, maar dat doet hij niet.

De laatste dagen is oma Lea ook veel in huis. Dat is dus de moeder van mama. Ze gaat ook geregeld naar Okke. Niet om hem uit zijn kamer te krijgen, maar om wat met hem te praten. Dat gaat wel goed, geloof ik. Oma Lea is ook wel een lieve oma, geen ouwe zeur zoals mijn andere oma, die gelukkig maar weinig komt. Ook opa Leen, de papa van mama, is er nu vaak. Maar hij blijft nooit zo lang. Ik zie hem soms ook een beetje huilen. Oma Lea niet, die blijft zo vrolijk mogelijk. Maar opa Leen kan er niet tegen dat mama zo ziek is. Dan pakt hij de fiets en gaat een stukje fietsen. Ik heb hem gisteren onderweg op een bankje zien zitten toen ik uit school kwam. Hij zag mij niet en ik ben ook niet naar hem toe gegaan. Hij zat met zijn hoofd naar beneden. Bij de vijver aan de Eikenlaan vlak bij school. Ik ben gewoon naar huis gelopen en opa kwam pas een uur later terug. Misschien heeft hij al die tijd wel op dat bankje gezeten. Arme opa.

De goede volgorde is dat eerst de opa's en oma's doodgaan, dan de papa's en mama's en dan de kinderen. Maar de papa's en mama's mogen pas doodgaan als ze zelf ook alweer een tijdje opa en oma zijn en als hun kinderen dus zelf ook weer kinderen hebben. Dan is het nog te doen. Dan doet het niet zo zeer. Want dan is iedereen die doodgaat, al behoorlijk oud. Maar zoals het nu bij ons gaat, is het niet te snappen. Mama gaat dood, terwijl haar vader en moeder nog leven en haar kinderen pas dertien en elf zijn. Dat zijn Okke en ik dus. En wij hebben zelf natuurlijk nog geen kinderen. Mama is drieënveertig. Dat klinkt misschien wel oud, maar echt oud ben je pas als je zeventig bent, zegt oma Lea wel eens. Ze is zelf negenenzestig, dus bijna oud. Ik denk dat oma Lea wel zou willen ruilen met mama. Dus dat niet mama doodgaat maar zij. Niet dat ze dood wil, maar ze gaat denk ik liever zélf dood dan dat ze mama dood ziet gaan.

23

Vanmorgen toen ik de klas binnen kwam, lag er een briefje op mijn tafel met een mop erop, een heel erge mop, die er speciaal voor mij was neergelegd, om me te pesten.

Sam en Moos komen elkaar op straat tegen. Zegt Sam tegen Moos: 'Hoe gaat het met je buurman en zijn vrouw? Die waren allebei toch flink ziek?'
Zegt Moos: 'Met de buurman gaat het goed, die is weer helemaal beter, maar zijn vrouw gaat maar langzaam vooruit. Ze komt er net aan, kijk maar achter je.'
Sam kijkt achterom en ziet dat er een begrafenisstoet aan komt.

Ik moest meteen huilen toen ik de mop had gelezen. De juffrouw zag het en kwam naar me toe. Ik gaf haar het briefje.
'Heeft iemand dat op je tafeltje gelegd?' vroeg ze.
Ik kon niks zeggen en alleen maar knikken.
De juf nam het briefje mee. Ze ging voor de klas staan en zei: 'Ik ken een leuke mop.' Ze las de mop voor die ikzelf net had gelezen. Sommige kinderen moesten erom lachen. Joege het hardst. 'Da's een goeie mop, juf,' riep hij. 'Zelf verzonnen?'
'Nee,' zei de juffrouw ernstig, 'niet zelf verzonnen, hele-

maal niet zelf verzonnen. Deze mop is net door iemand op het tafeltje van Wietske gelegd. Waarschijnlijk door iemand die weet dat Wietskes moeder heel ziek is. En voor iemand van wie de moeder heel ziek is, is dit geen fijne mop om te horen of te lezen. Maar ik heb hem toch voorgelezen omdat ik degene die deze gemene streek heeft uitgehaald, wil laten weten dat dit schandalig gedrag is. Ik wil niet eens weten wie het gedaan heeft. Ik wil het niet weten, omdat ik de rest van het schooljaar misschien een hekel aan die persoon zou hebben. Kom het me ook niet vertellen na afloop van de les. Zelfs niet als je er veel spijt van hebt. Ik wil het niet weten. Maar het is een gemene streek, een heel gemene streek, uitgehaald door een erg sneu kind. En nou gaan we beginnen met de les.'

Ik huilde niet meer. Ik vond het bijzonder wat de juffrouw gedaan had. Ook dat ze niet wilde weten wie het briefje op mijn tafeltje had gelegd. Ikzelf dacht aan Joege en aan Lucy. Maar nu de juffrouw had gezegd dat ze het niet wilde weten, wilde ik het zelf ook niet weten. Ja, het was een rotstreek om het te doen, maar het interesseerde me niet wie het gedaan had. Het was alsof ik in één keer heel goed kon nadenken, alsof ik sterker werd in mijn hoofd. Mama was ziek, heel erg ziek en als sommige kinderen het leuk vonden om me daarmee te pesten, dan moesten ze dat maar doen. Ik hoefde me er niks van aan te trekken. 'Een erg sneu kind.' Dat had de juffrouw gezegd. En daarmee had ze niet mij bedoeld maar degene die het briefje op mijn tafel had gelegd. Die was sneu. Erg sneu.

Ik moest er bijna om lachen. Iedereen keek in het boek

dat we hadden moeten pakken. Het leesboek. Maar ikzelf keek naar de juffrouw en die keek naar mij. Ze kneep even haar ogen samen en dat deed ik ook. Een dubbele knipoog.

24

Mama en papa hebben samen besloten dat een echte kunstenares de kist van mama gaat beschilderen. Daar ben ik wel blij om. Nu hoeven Okke en ik het niet te doen. Okke had het toch al niet gedaan. En ikzelf deed het ook liever niet, maar ik zou het wel gedaan hebben als mama het echt gewild had. Een kunstenares is beter. Die zal het ook echt veel mooier kunnen dan ik. Ze is er geloof ik al mee bezig.

Zelf heb ik vandaag wel iets anders versierd: de kerstboom. Papa heeft er vanmorgen eentje gekocht. Of twee zelfs: een grote en een kleintje. De grote staat nu in de woonkamer en het kleintje hebben we bij mama op de kamer gezet. Dat kleine boompje heb ik ook versierd. Maar ik wilde er geen engeltjes en engelenhaar in hangen. Die doen te veel denken aan dood zijn. Want daar gaan al die verhalen over de hemel toch over? Dat daar zo veel engeltjes rondvliegen met prachtig engelenhaar. Ik geloof er niks van. Maar als versiering vind ik die engeltjes en dat engelenhaar altijd wel mooi. Maar nu niet in een boompje dat speciaal voor mama is. Ik heb ze wel in de grote boom gehangen die in de woonkamer staat. In het boompje op mama's kamer heb ik een paar kleine kerstballen gehangen, mooie gekleurde, met glitters erop. En boven in het boompje heb ik een kleine piek gestoken; die zijn we nog speciaal gaan kopen. En er hangen natuurlijk lichtjes in, gekleurde lichtjes. 'Heel erg mooi,' zei mama een paar keer toen alles klaar was. De grote boom beneden heeft ze niet gezien, want ze komt helemaal niet meer beneden. Misschien wel nooit meer. Ja, wel als ze dood is natuurlijk. Want dan moet ze naar het uitvaartcentrum. Dat is een gebouw waar dode mensen komen te liggen tot hun begrafenis. Je mag er als familie nog wel een paar keer gaan kijken als je wilt.

Veel mensen laten iemand die dood is tot aan de begrafenis thuis op een speciaal bed liggen, met een koeling eronder. Maar omdat mama zelf altijd gezegd heeft dat ze dat een beetje vreemd vindt, wil ze nu zelf het liefst naar een uitvaartcentrum als ze dood is.

Ik weet niet hoe ik het had gevonden als mama nog een paar dagen op zo'n koelbed dood in huis opgebaard zou liggen. Zo heet dat: opgebaard zijn. Misschien zou ik dan wel bang worden, bang van mijn eigen moeder. Dat zou heel gek zijn. Maar het kan. Sommige mensen vinden het beter om iemand thuis op te baren. Iemand die dood is, is nooit meteen helemaal dood, hoorde ik oma Lea pas tegen papa zeggen. Ze hadden het erover waar mama opgebaard zou worden. Oma Lea zou liever hebben dat mama thuis opgebaard wordt. Vooral dus om wat ze zei: iemand die dood is, is nooit meteen helemaal dood. Dat weet ze, zei ze, omdat ze een paar boeken heeft gelezen over bijna-doodervaringen. Dat zijn verhalen van mensen van wie men dacht dat ze al dood waren. Maar die zijn dus toch weer levend of beter geworden. Natuurlijk niet pas na twee dagen of zo, maar wel binnen een paar uur. Ze waren dan ook niet echt dood, maar schijndood. In de boeken die oma heeft gelezen, staat dat schijndode mensen kunnen horen wat er door mensen om hen heen gezegd wordt. En volgens oma is dat hetzelfde bij mensen die echt dood zijn. Die kunnen op de een of andere manier nog weten of ze thuis zijn of ergens anders. Maar papa heeft aan oma verteld dat mama zelf het liefst naar een uitvaartcentrum gaat. Hij wil haar best thuis opbaren, zei hij, maar mama wil het niet. Misschien zegt mama dat ook voor Okke. Omdat ze weet dat Okke het heel moeilijk zal vinden als ze een paar dagen dood in huis ligt. Dan gaat-ie misschien wel drie dagen bij zijn vriend slapen, bij Sven. Die zie ik de laatste weken trouwens helemaal niet meer. Eerst kwam hij wel eens langs, maar nu is hij er nooit meer. Het zal ook wel met mama te maken hebben. Sommige mensen komen nu juist heel veel, terwijl anderen wegblijven. Die zijn bang. Gelukkig komt Irscha nog wel vaak langs, meer zelfs dan de afgelopen maanden. Sinds ze op de middelbare school zit, heeft ze minder tijd. Maar we zien elkaar altijd wel elk weekend. Maar nu mama zo ziek is, komt ze soms ook op een andere dag even langs. Dat vind ik lief van haar. Ze gaat dan ook altijd even bij mama kijken. Irscha. Ik ben blij dat ze mijn vriendin is.

25

Ik zag hem vandaag weer zitten toen de school uit was en ik naar huis liep. Op de bank bij de vijver. Hij keek niet naar het water en de eendjes, maar naar de grond. Net als de eerste keer dat ik hem daar zag zitten. Opa Leen. Zijn fiets had hij tegen de achterkant van de bank gezet. De bank stond zo'n vijftig meter van de weg waarover ik naar huis liep.

Ik was met Melis. Toen de school uit was, was Melis naar me toe gekomen. 'Zal ik een stukje met je meelopen?' had hij gevraagd.

'Maar dan ga je de verkeerde kant op,' zei ik, want Melis woont juist aan de achterkant van school terwijl ik aan de voorkant woon.

'Maakt niet uit,' zei hij.

'Oké,' zei ik.

'Hoe is het met je moeder?' vroeg hij meteen.

'Niet goed,' zei ik. 'Heel slecht eigenlijk.'

Ik wilde vertellen dat papa me vanmorgen gezegd had dat mama vandaag nog zwaardere medicijnen zou krijgen om de pijn tegen te gaan en dat ze daardoor nóg meer zal slapen.

'Als je wilt mag je de komende dagen thuisblijven van school,' zei papa vanmorgen ook. Maar dat wilde ik niet. Mama slaapt bijna de hele tijd en er komen steeds mensen op bezoek. Wat moet ik dan thuis doen? Dus ben ik vanmorgen toch naar school gegaan. Maar toen ik dat allemaal aan Melis wilde vertellen, kon ik het niet. Ik begon te huilen. Ik ben echt niet iemand die heel vaak of heel gemakkelijk huilt, maar de laatste tijd huil ik best vaak. Melis pakte m'n hand vast en trok me een beetje tegen zich aan. Daarop moest ik nog meer huilen, waarop hij me nog iets dichter tegen zich aan trok. 'Zullen we even op dat bankje gaan zitten?' vroeg hij. Hij wees niet naar de bank waarop opa zat, maar naar een ander bankje dat er vlakbij stond. Maar op dat moment zag ik dus opa zitten. 'Dat is mijn opa,' zei ik tegen Melis. Ik knikte met mijn hoofd in de richting van het bankje waarop opa zat.

'Daarginds is ook nog een bank,' zei Melis. Hij wees nu naar een bank die een heel eind verder stond, aan de zijkant van de vijver. We liepen ernaartoe, maar om er te komen, moesten we langs het bankje waarop opa zat. Hij keek nog steeds naar beneden. We hadden hem zo voorbij kunnen lopen zonder dat hij ons zou hebben gezien, maar ik kon het niet. 'Opa,' zei ik, toen we vlak bij zijn bankje waren. Hij keek op en ik zag dat hij gehuild had. Ik liet de hand van Melis los en ging naast opa zitten en pakte een hand van hem vast. Ik zag dat Melis niet goed wist wat hij moest doen. Ik wenkte hem. Hij kwam naast me zitten. En daar zaten we dan met z'n drieën. Op een bankje in de kou, want het was behoorlijk koud. Het was eigenlijk helemaal geen weer om op een bank te gaan zitten. Ik kroop dicht tegen opa aan en pakte tegelijkertijd de hand van Melis vast. Hij schoof een beetje naar mij toe. In de vijver zwommen de eendjes rond. Het was raar dat ze niet uit het water kwamen gestapt en kwakend om brood kwamen bedelen. Normaal deden ze dat altijd. Maar nu leken ze ons met rust te willen laten. Alsof ze wisten dat er nu iets belangrijkers was dan hun honger. En zoals de eendjes niet kwaakten, zo maakten ook wij geen geluid. Opa zei niets, Melis zei niets en ik ook niet. Maar ik voelde wel de twee handen die ik vast had: de grote, koude hand van opa en de zachte, warme hand van Melis.

26

Vandaag voel ik me blij. Mama is heel ziek, zieker dan ziek, maar toch ben ik vandaag blij. Toen ik vanmiddag thuiskwam uit school, liep ik zachtjes de trap op naar boven. Ik verwachtte dat mama zou slapen. Daarom deed ik zo zachtjes. Papa was in de keuken bezig. Ik dacht dat Okke wel op z'n kamer zou zitten. De deur van mama's kamer stond op een kier. Toen ik hem voorzichtig iets verder openduwde en naar binnen keek, zag ik dat Okke naast mama lag en dat mama haar arm om hem heen had geslagen. Ze zag mij, glimlachte en legde een vinger van haar vrije hand op haar mond. Okke had niet in de gaten dat ik er was. Ik ging ook meteen weer weg. Maar dat Okke daar lag, naast mama, dat heeft me blij gemaakt. Heel, heel erg blij.
Ik ben weer zachtjes de trap af gegaan en naar de keuken gelopen. En ik heb het tegen papa gezegd. Die kon het niet geloven. Maar het was dus echt zo. Hij wilde zelf ook meteen gaan kijken, maar dat mocht hij niet van mij. Okke zou het niet fijn vinden als papa hem daar zou zien liggen. Dat klinkt misschien raar, maar zo is het. Okke zou het nog minder fijn vinden als hij zou weten dat ik hem heb gezien.

Op school komt er een clash van de twee moppenclubs. Een echte clash of een battle, zoals je rapbattles hebt. De moppenclub van Mischa twee gaat volgende week clashen met de moppenclub van Joege. Op het podium in de school. Dat is iets heel anders dan vechten in de pauze om een plaatsje onder het afdak van het fietsenhok. Het idee komt van de juffrouw. Die heeft het eerst besproken met meneer Brok en daarna met Mischa twee en Joege. En iedereen vond het een goed idee. En als de battle geweest is, stoppen de moppenclubs ook meteen. Dat hebben ze afgesproken. Dan gaan ze dus in de pauze op het schoolplein niet meer in groepen bij elkaar staan. De battle is de finale en het einde van de moppenclubs.

Het enige wat er tijdens de battle niet mag, is heel vieze moppen vertellen. Dat vindt meneer Brok niet goed, omdat hij alle klassen vanaf groep 5 erbij wil halen. En ook de ouders van de leerlingen uit onze groep mogen komen als ze willen.

Bij de battle komt iedereen van elke moppenclub twee moppen vertellen. Dat gebeurt steeds om en om, in rondes. In totaal zijn er twaalf rondes, want er zitten in elke moppenclub precies twaalf kinderen. En per ronde moet iedereen die in de zaal zit met applaus aangeven hoe goed ze de moppen vinden. Wie het hardste applaus krijgt, heeft gewonnen. En de moppenclub die de meeste rondes wint, is de eindwinnaar. De clash is volgende week donderdag, de op-een-na laatste dag voor de kerstvakantie. Nu dat is afgesproken, mogen de moppenclubs in de pauze weer op hun vaste plekje gaan staan van meneer Brok. Maar ze vertellen elkaar geen moppen meer. Ze hebben het erover wat ze bij de battle gaan doen: wie welke mop moet gaan vertellen en vooral hoe die mop het beste gebracht kan worden.

Melis en Soelaisja gaan hun rondes winnen. Dat weet ik zeker. Zij zijn de beste moppenvertellers die ik ken. En Mischa twee kan het ook erg goed. Dat zijn dus al drie gewonnen rondes voor de moppenclub van Mischa. Maar voor de rest weet ik het niet. Ik ben wel blij dat ik er zelf niet meer bij zit, want ik ben zeker niet de beste moppenverteller. Maar ik had toch niet meegedaan vanwege mama. Misschien ga ik niet eens kijken volgende week donderdag.

Met Irscha ben ik vanmiddag nog even naar de stad geweest. Ik heb haar ook verteld van Okke. Dat hij bij mama in bed lag. 'Wat goed,' zei ze. Ik heb haar eerder al verteld hoe Okke de laatste maanden is geweest. Irscha zit bij Okke op school. Niet bij hem in de klas, want Okke zit in de tweede en Irscha in de eerste. Maar Okke gaat nu al een hele tijd niet meer naar school. In het begin was het omdat hij zogenaamd ziek was, maar nu mag hij vanwege mama thuisblijven. Papa heeft dat met de directeur van Okkes school besproken. Ik zou ook thuis mogen blijven. Maar ik doe het niet. Ik ga nog steeds elke dag naar school. En op school lach ik soms ook. Dat zullen sommige kinderen wel raar vinden, maar ikzelf niet. Ik ben verdrietig, ik moet vaak huilen, maar ik lach ook, omdat ik weet dat mama wil dat ik blijf lachen. Je moet huilen als het moet en lachen als het kan, heeft ze tegen me gezegd. En dat doe ik. Maar ik zou niet meer in de moppenclub van Mischa twee kunnen zitten. Om moppen kan ik nu echt niet lachen, zelfs niet als ze door Melis worden verteld.

27

Ik heb een zoen gehad van Melis. Echt, echt, echt. Op m'n mond. Een echte zoen dus. Nu heb ik misschien een soort-van-wat met hem. Een soort verkering. Misschien. Ik weet het niet zeker. Het kan ook een zoen zijn geweest om me te troosten. Melis was vanmiddag hier bij mij thuis. Ik ben vandaag niet naar school gegaan. Want mama gaat nu heel snel dood, denkt iedereen. Misschien deze week, misschien volgende week. En omdat ik niet op school was, is Melis mij thuis komen opzoeken. Dat vond ik lief van hem. Ik had de bel wel gehoord, maar ik dacht dat het bezoek voor mama zou zijn. Maar papa, die had opengedaan, riep naar boven dat er iemand voor mij was. Ik ging naar beneden en daar stond Melis in de hal. Ik was helemaal verrast.
'Je was er niet vandaag,' zei hij.
'Nee, mama is heel ziek,' reageerde ik.
'Dan kan ik misschien beter weer gaan?' zei hij.
'Neenee,' zei ik vlug.
Ik heb hem meegenomen naar mijn kamer. Daar hebben we weer zitten praten, zoals een tijd terug bij hem thuis. Het is fijn om met Melis te praten. Met de meeste jongens kun je helemaal niet praten, maar met hem wel.
Terwijl Melis er was, kreeg ik ook nog een telefoontje van de juffrouw. Die wenste mij sterkte. Dat was ook lief.

Melis is niet naar mama gaan kijken. Ik heb het hem niet gevraagd en hij zei er ook niks over. Hij kent mama ook helemaal niet. Hij heeft haar wel eens bij school gezien, denk ik, maar verder niet. Hij is wel een uur gebleven. Toen hij wegging, gaf hij me dus een zoen op mijn mond. Ik moest ervan blozen. En hijzelf ook. Maar dat maakt niet uit. Het was fijn dat hij er was. En de zoen zelf was ook fijn. Ik proef hem nog een beetje op m'n lippen, maar ik proef ook mama. Want toen Melis weg was, ben ik bij mama in bed gaan liggen. We hebben ook gepraat. Niet veel, want mama heeft bijna geen kracht meer om lang te praten. Maar wel even en af en toe. We hebben elkaar vooral vastgehouden. De handen en armen van mama zijn heel dun geworden. Ze eet al een tijdlang nog maar heel weinig. Maar haar buik was wel weer dik. Ze kan nu niet meer naar het ziekenhuis om het vocht eruit te laten halen. Ik heb niet gevraagd hoe dat nu dan verder moet. Misschien doen ze er helemaal niks meer aan. Mama heeft geen pijn, vertelde ze. Dat vond ik fijn om te horen. Ze heeft wel tien keer gezegd dat ze zoveel van mij houdt. En ik heb wel tien keer teruggezegd dat ik zoveel van haar houd. En dat ik altijd, altijd, altijd aan haar zal blijven denken. 'Dan blijf ik toch een beetje doorleven als jij dat doet,' zei mama.

Toen ze dat had gezegd, heb ik haar gevraagd wat 'leven voor twee' nu eigenlijk is. Hoe je dat moet doen.

Ze wist eerst niet wat ik bedoelde.

'Je hebt het tegen me gezegd,' zei ik. 'Als ik dood ben, moet jij leven voor twee. Dat heb je gezegd.'

'O ja,' zei mama.

Ze was even stil en zei toen heel zachtjes en heel langzaam dat ik straks niet moet gaan zitten treuren. Maar dat ik haar energie die ze altijd heeft gehad, van haar mag overnemen en mag gebruiken om heel veel dingen te doen die ik leuk vind.

'Je krijgt er een beetje van mijn vroegere kracht bij,' zei ze. 'Als je dat wilt.'

Ik knikte en heb haar wel honderd kusjes gegeven. Op haar handen, op haar armen, in haar nek, op haar wang, op haar lippen en boven op haar hoofd, dat niet meer helemaal kaal is. Een pruik draagt ze nu niet meer. En sinds ze geen chemokuren meer heeft, beginnen haar haren weer te groeien. Ze heeft er nu een kort laagje op staan. Het zou best mooi kunnen zijn als mama's hoofd niet zo mager was geworden. Ze heeft ingevallen wangen en haar ogen staan heel dof. Maar ze glimlacht nog heel vaak en dan zie je haar ogen toch elke keer weer een beetje oplichten.

Maar nu proef ik dus mama en Melis op mijn lippen. Iemand die doodgaat en iemand op wie ik verliefd ben. Ja, ik ben verliefd op Melis. Ik heb het vandaag ook nog aan Irscha ge-msn'd. 'BVL op M.'

'Op je moeder?' reageerde Irscha.

'Op Melis, gekkie,' schreef ik terug. 'Ik hou van mama en ben verliefd op Melis.'

28

Volgens de dokter gaat het niet lang meer duren. Hij denkt dat mama nog voor het weekend dood zal zijn. Hij vertelde het vandaag. We zaten allemaal bij elkaar in de woonkamer: papa, Okke, oma Lea en opa Leen, de twee zussen van mama, de twee vriendinnen van mama en ik-zelf. Maar opa ging heel vlug weg. Naar buiten, mis-schien naar het bankje bij de vijver. 'Hij kan het niet aan,' zei oma.

De dokter heeft uitgelegd wat hij denkt dat er gaat ge-beuren de komende dagen. Bepaalde organen van mama werken nu niet goed meer, zei hij, en die gaan op een be-paald moment helemaal stilvallen. Ja, ik gebruik hier de woorden die de dokter zelf ook gebruikte. En als het ene orgaan stilvalt, valt het andere orgaan na korte tijd ook stil. Een kettingreactie, noemde de dokter dat. Op een gegeven moment is het hart dan aan de beurt. En als dat stilvalt, is het afgelopen. Hij zei dat we vandaag of mor-gen echt afscheid van mama moeten nemen. 'Over twee dagen kan het niet meer,' zei hij, 'misschien zelfs morgen al niet meer.' Hij zei er ook nog bij dat mama geen pijn lijdt. Hij schijnt dat op de een of andere manier te kun-nen zien of meten.

Toen de dokter weg was, is Okke meteen als eerste naar mama toe gegaan, heel gehaast, alsof hij bang was al te laat te zijn. Okke is echt veranderd de laatste twee weken. Hoe dat zo gekomen is, weet ik niet, maar ik ben er wel blij om. Iedereen is er blij om. Daarom bleef iedereen ook nog een tijdje beneden zitten toen Okke naar mama was.

Ikzelf ben natuurlijk ook nog naar mama geweest. Maar ik heb de afgelopen dagen elke dag wel afscheid van haar genomen, omdat ik al steeds bang was dat ze niet meer wakker zou worden. Ik leg nu ook al een tijdje 's avonds mijn vaste briefje ('Mama, je mag morgen nog niet dood zijn.') niet meer onder mijn kussen. Ik heb dat lange tijd wel gedaan omdat ik steeds nog hoopte dat mama beter zou worden. Maar dat is nu onmogelijk. Ze gaat echt dood. Vandaag, morgen, overmorgen of in het weekend. Volgende week heb ik geen moeder meer, Okke heeft dan geen moeder meer, papa heeft geen vrouw meer, tante Josje en tante Mies hebben één zus minder, Marieke en Els zijn hun beste vriendin kwijt en oma Lea en opa Leen hebben opeens een dochter minder.

Toen opa Leen weer terugkwam nadat hij eerder bij het verhaal van de dokter was weggelopen, is hij ook naar mama gegaan. Ik hoorde hem huilen. Maar toen hij even later weer beneden kwam, was er een glimlach op zijn gezicht. 'Weet je wat,' zei hij tegen oma, 'ik word collectant voor de Kankerbestrijding.' Dat zei hij. Ik denk dat mama dat aan hem gevraagd heeft. Ze wil niet dat hij verdrietig blijft. Mama is net als oma. Niet piekeren, maar dingen doen. Ze wil niet dat opa de rest van zijn leven op een bankje gaat zitten treuren. Ik denk echt dat ze opa gevraagd heeft om collectant te worden. En dat is een goed idee. Want opa heeft er de tijd voor.

Irscha is vandaag ook nog langs geweest. Ze is ook nog heel even naar mama gegaan.

Door alle drukte hebben we vanavond pas om acht uur gegeten. Marieke en Els hadden gekookt. Ze zijn nu ook steeds in huis. Ze wonen ver weg in een andere stad, maar ze hebben een kamer genomen in een hotel dat maar een paar kilometer van ons huis vandaan ligt. Oma Lea en opa Leen slapen bij ons in huis op de logeerkamer. Tante Josje en tante Mies liggen daar ook, op een matras op de grond. Papa slaapt nog gewoon naast mama. Maar veel slapen doet hij niet. Hij ziet er heel moe uit. Iedereen is moe. Mama nog het meest. Op school heb ik een keer de uitdrukking geleerd: 'dodelijk vermoeid zijn'. Dat is mama nu: dodelijk vermoeid. Je kunt ook zeggen 'doodmoe'. Het is gek, al die woorden die met 'dood' te maken hebben. Zeker 'doodmoe', omdat 'moe' ook nog eens de helft is van het woord 'moeder'. En dan heb je ook nog het woord 'doodleuk'. Volgens mijn woordenboek betekent dat woord: 'zomaar', 'kalmweg'. Ik heb het net nog opgezocht. Wie zou zo'n woord nou ooit bedacht hebben? De dood is toch niet leuk. Misschien is de dood wel iets gewoons, iets normaals, omdat iedereen ooit doodgaat. Daarom is het woord 'doodnormaal' bedacht, denk ik. Het is ook doodnormaal dat mama ooit doodgaat, MAAR NIET NU AL!

29

De hele aula zat vol. Met kinderen en ouders. En ik zat er ook. Mama was nog niet dood, anders had ik er natuurlijk niet gezeten. Maar omdat ze wel vlug dood zou kunnen zijn, had ik eigenlijk helemaal niet naar de battle van de moppenclubs willen gaan. Maar Melis was bij me aan de deur gekomen. Hij kwam vragen of ik meeging.

Ik zei 'nee', maar papa, die in de gang stond, zei dat ik best mocht gaan als ik wilde. 'We weten toch niet hoe lang het nog duurt,' zei hij, 'misschien nog wel een hele tijd.' Ik zei dat ik het toch raar vond om nu naar moppen te gaan zitten luisteren of om te gaan zitten lachen om moppen. Daarom ben ik een tijd terug toch juist ook uit de moppenclub gestapt.

'Je mag ook niet om alle moppen lachen,' zei Melis, 'in ieder geval niet om de moppen van de moppenclub van Joege.'

Ik bleef het raar vinden om mee te gaan, maar toch ben ik gegaan, ook al wist ik zeker dat ik om geen enkele mop zou kunnen lachen. Misschien ging ik alleen mee vanwege Melis. Wel ben ik eerst nog even bij mama gaan kijken. Die sliep. En ze zag er niet uit alsof ze vanavond dood zou gaan.

Ik heb mijn jas aangetrokken. Het was koud buiten. Melis gaf me een hand. Dat was bijzonder. Het voelde alsof

we verkering hadden. Ik heb nooit eerder verkering gehad, dus ik kan niet precies weten hoe het voelt om verkering te hebben. Maar toch voelde het zo.

In de aula van school ben ik helemaal achteraan gaan zitten. Naast me zat de moeder van Lucy. Die wilde weten
hoe het met mama ging. Ik begon te vertellen hoe het
was, maar de muziek startte al. Drie leerlingen uit groep
7 die samen een bandje hebben, speelden een paar liedjes.
Het klonk best goed. Daarna kwam onze juf, die de battle
tussen de twee moppenclubs aankondigde. Ze stelde eerst
nog een paar vragen aan Mischa twee en aan Joege. Hoe
de moppenclubs ontstaan waren en zo. Toen begon de
battle. Mischa twee was als eerste aan de beurt.

Jantje bracht elke dag een zak dropjes mee naar school...

Ik herinnerde me die zin. Het was de zin die ik ook hoorde toen ik uit de moppenclub stapte. Ik heb nooit geweten hoe die mop verderging. En ook nu heb ik hem niet
helemaal gehoord. Want door die zin van Mischa twee
wist ik dat ik niet op school moest zijn maar bij mama.
Ik moest nu niet naar moppen gaan zitten luisteren. Ik
moest naar mama gaan zitten kijken. Haar hand vasthouden. Ik hoorde dat er om de mop van Mischa gelachen
werd, maar ik was al opgestaan. De moeder van Lucy
keek me aan. Ik reageerde niet. Ik was opeens heel gehaast. Ik wilde naar huis. Ik kon dat niet tegen Melis zeggen, want die zat al op het podium omdat hij zo meteen
aan de beurt was. Ik zocht mijn jas in de garderobe en
vertrok. Ik haastte me de school uit en liep zo hard ik kon
naar huis. Het was allang donker. Het was al donker ge-

weest toen ik met Melis naar school was gelopen. Nu leek het nog veel donkerder te zijn. Ik was bang. Niet voor het donker maar dat mama dood zou zijn. Ik wilde bij mama zijn.

30

Mama is dood. Ik kan niet meer met haar praten. Ik ben haar kwijt. Ze is er niet meer. Nooit meer.

Ik was erbij toen ze doodging. Het is zo raar. Je kunt je niet voorstellen hoe dat gaat als je nooit eerder iemand hebt zien doodgaan. Ik was alweer zo'n twee uur terug van de moppenwedstrijd. We zaten of stonden allemaal bij mama's bed: papa, Okke, opa en oma, tante Josje en tante Mies, mama's twee vriendinnen en ik. De dokter was er ook. Hij had mama's pols gevoeld en zei: 'Vanaf nu wordt ze waarschijnlijk niet meer wakker. Heel langzaam glijdt ze in de dood.'

Dat zei hij, precies met die woorden. 'Heel langzaam glijdt ze in de dood.'

Hij zei er niet bij dat veel mensen net voordat ze doodgaan nog even hun ogen opendoen. Dat hoorde ik van oma. De dokter was de kamer uit gegaan en meteen nadat hij weg was, zei oma: 'Straks doet ze nog even haar ogen open.' En dat deed mama ook. Ze was heel rustig. Ze sliep. Maar haar ademhaling ging steeds langzamer. Soms leek het alsof ze niet meer ademhaalde. Maar dan kwam er toch ineens weer een diep ademgeluid. Dat duurde zo een hele tijd. Maar plotseling zag je de kleur van haar huid veranderen. Die werd rood-paars en blauw. Het gebeurde heel snel. Mama zuchtte opeens ook heel erg diep.

En op dat moment deed ze heel even haar ogen wijd open. Het was alsof ze iets wilde zeggen. En ze glimlachte. Er was echt een kleine glimlach, alsof ze ons nog wilde groeten. Papa had de rechterhand van mama vast en ik de linker. Ik voelde dat de hand kouder werd. 'Het is gebeurd,' zei opa. Okke liep meteen weg. Ik fluisterde een paar keer 'mama', 'mama' en begon te huilen. Tante Mies sloeg een arm om me heen. 'Het is gebeurd,' zei opa nog een keer. En hij liep ook weg.

Oma huilde zachtjes, mama's vriendinnen ook. En ook papa huilde, maar zonder geluid te maken. Ik zag dat er tranen uit zijn ogen op mama's hand drupten. Ikzelf had de andere hand van mama intussen losgelaten. Het was een dode hand. De ogen van mama waren nog een beetje open. En dat bleven ze ook. Toch was ze dood. Je kon het zien. Haar gezicht was helemaal verstijfd. Ook haar mond stond een beetje open. Tante Josje had intussen een arm om oma heen geslagen. En toen was daar weer de dokter. Hij had waarschijnlijk beneden in de woonkamer gewacht. Hij bleef even bij de deur staan, ging weer naar de overloop en kwam vijf minuten later terug. Niemand huilde nu nog. Ik ook niet. Tante Mies had me losgelaten. Papa liet de hand van mama los. De dokter ging naast papa staan, legde even een hand op zijn schouder en pakte daarna de arm van mama vast, bij de pols. Hij wilde natuurlijk voelen of er echt geen polsslag meer was. Al snel legde hij de arm weer neer. Hij knikte en keek op zijn horloge. Mama was echt dood.

En ik had nooit gedacht dat dood zo dood zou zijn. Mama ligt in haar mooi beschilderde kist. Het deksel is open; ze heeft een glimlach op haar gezicht, maar ze er is niet meer. Als ik haar gezicht aanraak, voelt dat niet als het gezicht van mama. Het is hard en het lijkt heel zwaar. Het is alsof ze mama hebben volgestopt met stenen en alsof ze stijfsel op haar huid hebben gesmeerd. Papa vindt dat niet. Die vindt dat mama nog steeds mama is. Hij gaf haar een zoen toen we bij de kist kwamen. Ik heb mama alleen met mijn vingers aangeraakt. Okke is bij het voeteneinde van de kist blijven staan. Volgens mij heeft hij maar even, een seconde of zo, naar mama gekeken. Het is ook raar om mama dood te zien.

Ze ligt in een kleine ruimte in het uitvaartcentrum, met heel veel bloemen en kransen om haar heen. Overmorgen is de begrafenis. Tot die tijd zou ik nog een paar keer naar mama mogen gaan kijken. Maar ik doe het niet. Ik denk liever aan de levende mama bij wie ik een paar dagen geleden nog in bed lag.

Nu zit ik op mijn kamer. Met een kaartje van Melis in mijn hand. Dat heeft hij vandaag in de bus gestopt.
'Veel sterkte.'
Dat staat erop, met daaronder zijn naam: Melis. Hij heeft er een hartje omheen getekend. Hij is lief.
Beneden zijn papa, Okke en ook opa en oma. Ze zijn allerlei dingen aan het regelen voor de begrafenis. Papa heeft al gevraagd of ik bij de begrafenisdienst iets wil voorlezen. Dat wil ik wel. Ik ga een gedicht voorlezen dat ik zelf aan het schrijven ben. Daarin schrijf ik ook dat ik met mama heb afgesproken dat ik ga leven voor twee. Dat doe ik. En ik ga in ieder geval ook het woord 'kanjer' in het gedicht zetten. Want dat was mama, een